世界の愛し方を教えて

ヰ坂 暁

講談社
タイガ

目次

カバーイラスト――中村至宏
カバーデザイン――川谷康久（川谷デザイン）

世界の愛し方を教えて

環境への適応を競うのは動植物の生き方だ。

いかに世界を自分に適応させるか。ヒトの大脳新皮質はそのためにある。

（パルプロテュカ＝アルナクルナ『人道』）

・・・

「世界が好きですか？」

ある映画にそんな問いかけが出てくる。

世界とは何か。世界とは他人だ。少なくともあの映画においてはそう言い換えられる。

誰もがたった一人、何十億という他人に囲まれ生きている。

他人の精子と卵子が混ざって発生し、他人に育てられ、他人と共同生活を送り、今は亡き他人たちの歴史が育んだ価値観を教え込まれ、他人のもとで他人と働いて金をもらう。

他人たちで形成された、自分を取り巻く社会。

そこでの常識なり、ルールなり、曖昧な空気や流れなり——お前はそれらと違和感なく付き合えているか。あの映画の主人公はそう問いかけていた。

世界が好きか嫌いか。そんなの人による、時と場合によるだろう。

しかし、嫌いと答えたところで世界を、他人を捨てられるわけじゃない。そこが厄介なところだ。

人間は文明の利器に守られてなきゃたちまち死んでしまう弱い生き物だ。誰が洞窟暮らしに戻れるだろう。法律やモラルの窮屈さにケチをつけながら、それらが保障する安全や快適さからは離れられない。誰が世紀末で食料を奪い合いたいだろう。

他人の顔色を窺うなんてまっぴら、自分らしく生きようみたいなことをSNSで言って、いいねがたくさんつけば安心つかなきゃ不安。そんな矛盾が誰しもあるのだと思う。

だから、人間は皆世界の奴隷だ。時々愚痴《ぐち》ることでガス抜きをしながら、世界のご機嫌窺いをして騙し騙し生きていく。

有沢《ありさわ》ニヒサがそんな生き方を捨てたところから物語は始まる。


『この世界が死ぬほど嫌いだから』

あの日、ニヒサはそう言って命を絶とうとしていた。

その姿はあまりにも鮮烈で、それを見た瞬間、俺はどこかで決めていたんだと思う。

ニヒサを撮るって。

『世界の憎み方を教えて』はそんな思いから生まれた映画だ。俺とニヒサ、たった二人で撮ったこの作品は興行収入ゼロ円にして世界を変えた映画なんて言われた。

これからする話は、映画の舞台裏とその後の顛末の全て。有沢ニヒサの物語は、そこまで知ってもらわなきゃ完結しないから。

誰もが強《し》いられて生きるこの世界を、それでも愛そうとする物語だ。

Chapter.1　As you hate

有沢ニヒサとの関係は、俺にとって知られたくないことの一つだった。

デビュー前、有沢ニヒサが入院していた時期に喋ったことがあるだけ、友達でもなんでもない。しかしあの女はあまりに人気があるため、ただ面識があるというだけで羨ましいとかサインもらってきてよとか言う奴がいる。

この日も学校で似たようなことがあった。事が起きたのは昼休みだが、放課後にも所属する映画研究部では有沢ニヒサの話で盛り上がる後輩に辟易し、雨が止む気配も見せない中しかたなく学校を出たところで、ダメ押しとばかりに有沢ニヒサの笑顔が飛び込んでくる。

『この世界が大好き』

校門のすぐ横の店に貼られた一枚のポスター。

イラッとするキャッチコピーが躍り、黒髪の女が微笑む。

長い睫毛の縁取る大きな瞳、流麗な線を描く鼻と唇は人体の限界に挑戦したみたいに薄く、黄金比を体現したバランスで配置されている。

彼女が有沢ニヒサである。

三年前に彗星の如く現れ、恒星の如く輝き続ける十七歳の若手女優。

容姿のみならず演技力も抜群、芝居以外で見せる柔和で健気な振る舞いも大人気で、映画にドラマ、舞台にCM、バラエティと引っ張りだこだ。最近は主演ドラマ『世界の愛し方を教えて』が空前の大ヒットを遂げたこともあり、ますます人気に拍車がかかっている。

俺はこの女が嫌いだった。

出会った頃から嫌いだったし、デビュー後にはその気持ちはさらに強くなった。嫌いなものが世間に受けていて、嫌いな人なんかいないだろうって扱いを受けていれば、そりゃ腹も立つ。

どこが嫌いか一言で言えば、媚びているところだ。

視聴者に、観客に、フォロワーに、つまるところは、世界に。

バラエティや公式チャンネルの動画を見ているとわかるが、有沢ニヒサの基本スタイルは、とにかく褒める、持ち上げることだ。

初めて出会う人の一挙手一投足に、食べる物に、訪れた場所に、とにかくおどろいて、こんなに素晴らしいものはないというくらいの勢いで褒める。

『こんなすごいものがあるなんて私全然知りませんでした！　超幸せ！　神様ありがとう』みたいなことを毎回のようにのたまう。そうして、ネガティブなことは一切言わない。スタジオが何かに批判的な空気になっているときも、彼女は困ったように笑うかフォローに回るのだ。

いつも目を輝かせて、この世界に生きている幸せに身も心もときめかせているような女。

嘘臭い。気持ち悪い。虫唾が走る。

言い過ぎじゃないか。何でそこまで嫌うのか。

芸能人なんてそんなもんだろう。人気商売なんだから。

誰だって、悪口ばかり言う奴よりは何でも褒める奴の方が気持ちがいい。なら有沢ニヒサの芸風だってイメージ戦略としてまっとうじゃないか。

そんな声があるかもしれない。

たしかに、俺も有沢ニヒサ以外がやってるなら別にどうだっていい。有沢ニヒサがやるのだけが我慢ならなかった。

それは、あいつと比べてしまうからだろう。

あいつは有沢ニヒサみたいに生きられなかった。そのために世界から切り捨てられた。

有沢ニヒサはあいつを追い出す形でこの世界に現れ、あいつのできなかった生き方で世界に愛されている。

忌々しかった。早くこの世界から消えて欲しかった。

とはいえアンチ活動をするわけでもなく、世に氾濫する有沢ニヒサに毒づきながら下を向いて生きる。それが俺の基本姿勢だった。

その時も、俺は遮断機が下りた踏切前で足を止め、時間潰《つぶ》しにと見たSNSで、流れてきた有沢ニヒサの広告に顔をしかめたところだった。

この雨で靴は傘を差しててもぐしょぐしょだし、電車はなかなか来ないし、有沢ニヒサの連撃を食らうし、イライラが重なっていた。口に出したか出さないか、とにかく思ったのだった。

「死ねよ」

「私、今から死ぬ」

歌うような声が答える。

はっと振り向けば、世界一嫌いな女が道を歩いてくる。

傘も差さず長い黒髪もワンピースもずぶ濡れで、だというのに快晴の下みたいに悠々とした足取り。

彼女は横向きで持ったスマホに笑顔を向け何やら語りかけている。さっきの言葉も俺に答えたわけじゃないようだ。その言葉は雨音の中でもクリアに響いた。

「この世界が、死ぬほど嫌いだから」

有沢ニヒサはそう言い切った。

この上ない美貌に、あの人懐っこい、世間でよく知られた笑顔を浮かべて。

「もうたくさん、ファンの皆さんのために生きるのは。いつもしなを作って、どうやったらあなたたちに受けがいいか研究して、こんなに無知で扱いやすくて、皆さんが安心してかわいがれますってアピールするの。

本当はずっと嫌だったけど、そうじゃなきゃ生きられなかった。

でも、もう生きなくていい」

だから死ぬの、と有沢ニヒサは結んだ。

彼女は俺なんか全く目に入っていない様子で横を通り過ぎ、遮断機をあっさりと踏み越えて線路に侵入する。

カンカンと警笛が鳴り響く中、線路のど真ん中で足を止める。

猛スピードの電車が、もう見えるところまで迫ってきていた。

その様を、俺は夢中になって見つめる。

何をやってるんだろうか。この後どうなるかは火を見るより明らかなのに、止めるどころかヤバいとすら思っていなかった。

多分、現実とは思えなかったんだろう。絵になりすぎて。

ドクン、ドクン、と心臓が破裂しそうなほど激しく鼓動する。恐怖や焦りじゃない。高揚だったのだと思う。

かっけえ……！

ずっと嫌いだった女を、この時の俺は素敵だと思っていた。世界に媚びる時と同じ笑顔で世界に向かって毒を吐《は》き、そして命を絶とうとしている様が、何がなんだかわかってないのにあまりにも鮮烈で美しかった。

スクリーンの中の惨劇を止めようとはしないように、俺はその光景に夢中だった。

そんな俺がそのままバラバラになる有沢ニヒサを眺めることにならなかったのは、ひどく不快な金属音のためだった。

耳の穴をかき回すような、電車のブレーキ音。

きっと映画やドラマなら、俺が監督ならこの音はカットする。雰囲気を壊すから。

うるせえな、とちらりと思って、その瞬間、見ているを現実と認識した。

有沢ニヒサは逃げる気配もなく喋りっぱなし。そこに車体が火花を散らしながら接近する。止まらない。

「最後に教えてあげる、実は――」

いや、え、あれ、死ぬじゃん。

「——さよなら」

　傘を手放し、無我夢中で駆け出す。間に合うかなんて考えなかった。

　本当にギリギリのタイミングで俺は無防備な背中にタックルを決める。


　顔の数センチ横を、車輪が通り過ぎていく。コンマ数秒遅ければ俺の脳みそも飛び散っていただろう。ちょっと漏らした。

　俺と有沢ニヒサは間一髪線路から転げ出てその場に倒れ込んでいた。

　呆然と、何も考えられずにいた俺の脇で、有沢ニヒサが体を起こす。

「何で……」

　俺の顔を見下ろしながら彼女は言う。さっきの、心を蕩けさせるような笑顔で死のうとしていた時とは真逆、その顔には明らかな怒りが浮かんでいる。全体が力み、かっと見開いた瞳で俺を睨みつけている。

「何で邪魔したのよっ‼」

　雨音を掻き消すような叫び。

　何で、何でって……。

　何を言ってるんだこいつ。そりゃ止めるだろう。ましてやこいつの体は——。

　だけどその時の俺から出たのは、そういう当たり前の答えではなかった。有沢ニヒサの怒りに満ちた問いを受け止めるや否や、何だか脊髄反射みたいに、自分でもどこから出たんだかわからない言葉を俺は返していた。

「映画に出てほしくて」

・・・

アテナは、俺が初めて撮りたいと思った相手だった。

それまでも、十分ちょっとの短編を頻繁にとってはネットにアップしていた。どれもこれも、好きな映画の印象的なシーンや、評価の高いアマチュア映画の無自覚な猿真似ばかり。

自分でも実感のない借り物のテーマ、手垢で真っ黒のアイディア、ただ画角にいてもらう、台詞を発してもらうためだけの出演者。それで映画になると思っていた。

そんなところで出会ったのがアテナだ。創作意欲はあっても創作したいもののなかった俺が、自分が撮るべきと思えるものに出会えたのだ。

絶対、この人が中心の、この人だからこその映画にする。そう誓った。

数ヵ月かけて書いた脚本は、主人公の少女が異世界へ飛ばされての冒険譚。

つまんなかったらなしでいいからと大見得を切り、アテナに手渡す。後悔でいっぱいの心境の俺の前で彼女はぱたんと本を閉じ、答えた。

「出るよ」と。


目が覚めると、女が俺を覗き込んでいた。

思わず引き攣った声が漏れ、飛び上がるみたいに体を起こそうとする。そしたら場所がよくなかったのか、バランスを崩した俺は手をつく間もなく床に転げ落ちた。

硬いフローリングの上、鈍い痛みをこらえながら顔を上げる。美人のイデアみたいな顔がやはり俺を見下ろしていた。

「アテナ？」

「ちがうわよ、悪かったわね」

素っ気ない声が返ってくる。俺は何秒かフリーズしていたがやがて脳が動き出だしたのか、夢と現実が混濁した状態からこっちは夢、これは現実と認識が整理されていく。

アテナに脚本見てもらうのは……夢、か。

じゃあ目の前の彼女は、この状況は。

場所は俺の家のリビングだ。俺はテレビ前のソファをベッド代わりに寝ていてたった今目を覚ました。で、目の前には女が一人。長い黒髪をまとめ、俺が部屋着にしている野暮ったいスウェット姿。こいつは。

「有沢ニヒサ」

「泥棒でも見るような目ね。あなたが来いって言ったんじゃない」

そうだな、と頷かざるを得ない。はっきりと思い出した。自分でも信じられないことだが、俺は昨日の夕方、この若き大スターの自殺を邪魔したばかりか、その後家に連れ帰ったのだ。


『映画に出てほしい』

線路脇、互いにずぶ濡れで転がったまま、何で自殺を邪魔したという問いへの答えに、ニヒサは言葉を失った様子だった。俺自身何でそんなこと言ったんだろうって感じで、続く言葉が出てこない。

タイミングがいいのか悪いのか、そんなところでこちらへ駆けてくる人影に気づいた。青い制服に帽子の男、停止した電車の運転士だろう。別に後ろめたいこともないのにまずいという気持ちになった俺がニヒサに目をやるや否や、彼女は立ち上がり、ダッシュで逃げた。

少しの間啞然として、それから慌てて後を追う。一度見失ったが探すこと数分、ビルとビルの隙間に潜むニヒサを見つけた。

折り畳んだルーズリーフを手に、上着の袖を輪っか状に結んで首を吊ろうというところで、夢中で飛びついた俺は彼女と揉み合いになる。

待て、死ぬな、うるさい、離して、みたいな言葉の応酬の後で彼女は叫んだ。

「もう嫌なの、こんな世界！」

「じゃあ逃げよう」

ほとんど反射的に俺はそう返していた。

もがいていた彼女がぴたりと動きを止める。俺の顔をまじまじと見て、何か気づいたように息を呑んだのがわかった。

「ハイムラスバル？」

「……ああ」

憶えててくれたことを少々意外に思いながらニヒサの背後に目をやる。遺書らしきルーズリーフと絞縄代わりのカーディガン。

何があったか知らないが、本気だってことだけはわかった。本気でこの世界が嫌いなんだ。死ぬほど。

映画に出て、と言った時と同じく考えなしで、だけど今度ははっきり意志を持って訴える。

「死ぬほど嫌いならさ、逃げよう、この世界から」

それで逃避先、隠れ家に選んだのが、今ここでこうしている通り、俺の自宅だった。あの踏切から十五分ほどのところに佇む一軒家。親父が仕事で家を空けていて実質一人暮らし、実に都合のいい環境ではある。ニヒサを家にあげると風呂に入らせ着替えに俺の部屋着、夕食と寝床を与え、そして一夜が明けたところだった。

今はシリアルに牛乳という適当な朝食を摂りながら、共にTVを見ている。俺はリビングからつながったダイニングのテーブル、ニヒサは俺がベッド代わりにしたソファで。

一体何をやってるんだろうか。

自殺を阻止したまではいいが、自宅に連れ帰るって何だよ。俺が成人なら多分犯罪だ。それも、有沢ニヒサという日本有数の有名人を。

気まずさに耐えられずにつけたTVのニュースは今のところ、ニヒサの失踪と自殺未遂を報じている様子はない。表向きは平常通りで、ニヒサがイメージキャラクターのCMまでも普段通り流れている。

とりあえずは安心しつつ、しかし時間の問題だろうなとも思う。

彼女はこの一晩事務所にも自宅にも帰っていないわけだし、誰かに連絡した様子もない。きっとすでに周囲は大騒ぎだろう。捜索願いだとか出されていてもおかしくない。ニヒサと家に入るところを誰かに見られていたとか、街の防犯カメラに一部始終がとか、それで今日にも警察がやって来るなんて可能性がなきにしも非ずだ。想像すると身震いする。

じゃあ、さっさと自分から名乗り出るべきだろうか。そうしたらきっとお手柄《てがら》、黙っていれば犯罪まがい。

彼女が「保護」されるように動くのが、きっと社会的に正しいんだと思う。

でも。

虚無的にスプーンでシリアルを口へ運ぶニヒサに目をやって、昨日見たもの聞いたものが頭の中でリフレインする——『この世界が死ぬほど嫌い』、電車に飛び込む間際の笑顔、絞縄代わりのカーディガン。

彼女が連れ戻される先は、死を選ばせた世界なんじゃないか。

それで俺は逃げようなんて言ったし、今もニヒサを帰すことに抵抗がある。このまま置いといていいわけがないけど、それでも思っていた。

あとは、他にも言いたいことがあった。

俺は迷いながらニヒサを見つめる。

「あ、あのさ」

「どうしたの？」

「……いや、何でもない」

俺がヘタれて言い出せないまま朝の貴重な時間は過ぎて、スマホのアラームが登校時間であると知らせてくる。

「学校？」

「ああ」

行けばいい。行かなきゃならないのだが、問題は、登校するとニヒサを一人残すことになること。昨日自殺しようとしていた人間だ。帰ってきたら首を吊ってない保証は全くない。

「大丈夫。死んだりしない。あなたに言わなきゃいけないこともあるし」

「え、何？」

「……少し、時間をくれる？」

「……わかった」

結局、俺は登校することにした。彼女を信頼したからじゃなかった。俺自身の言うべきことから、それに彼女と同じ空間で過ごすことから逃げたんだと思う。自分で連れてきといて何なんだろう。

「ハイムラスバル」

それで教科書をカバンに詰め込んでいると。

「何？」

「昨日言ったわよね？　映画に出てほしいって」

「言ったっけ?」もちろん忘れてなどいない。ニヒサには忘れてて欲しかった。ニヒサは憶えていたのみならず、俺がそっとしておいて欲しかったところを追求してくる。

「今も撮ってるの?」

「いや」

即答。また少し気まずい沈黙が流れる。準備を終えて家を出ようとする間際、ニヒサは唐突に頭を下げる。

「ごめんなさい」

「は?」

「あなたは、ずっと嫌だったわよね? 私がこの顔で女優になって、猫をかぶって祭り上げられてるの」

「……言いたかったことって、それ?」

「いいえ。でもこれも、ずっと言わなきゃって思ってた」

何故ニヒサがそんなことを俺に謝るのか、何故芸能活動やそれが成功することを俺に申し訳なく感じていたのか、俺には察しがついていた。

というか、ずいぶん前だがこっちから訴えたこともある。だから憶えていたんだろうか。

たしかに俺は、彼女の媚びた振る舞いをずっと嫌ってきた。なのにいざ彼女に謝られても、何も報われた気にはならなかった。

「謝んないでくれ」

「でも」

「そんな資格ないよ、俺には」

だって俺も、まさにそういう生き方をしてきたから。世界が嫌いなのに、好きなフリをしながら、世界に媚びて生きてきたから。

・・・

世界に、他人に逆らわない。それが俺の基本スタンスだった。

俺が実感できる他人っていうのは学校の連中とかSNSのフォロワーだとかそんなもんだけど、まあ、くだらないと思うことは多い。俺が好きになれないコンテンツが寒いノリで持ち上げられてたり、何となく印象が悪いというだけのものを犯罪かの如く扱って寄ってたかって糾弾したり、人間関係のパワーバランスで善悪が決まったり。

でも、それを主張するか、輪から敢えて外れたり、お前らおかしいよと否定したりするか。できる人は尊敬する。俺はしない。俺なんかの発言に流れを変える力はないだろうし、場を白けさせて、嫌われて終わりに決まってるだろうから。

ＳＮＳでブロックされるくらいは別にいいが、実際に顔を合わせて共同生活を送る教室では、嫌われるというのは実害が出てくる。

例えば中学時代の俺がそうだった。学校の成績を鼻にかけ雑学をことあるごとにひけらかして、自分は頭がいいんだと常にアピールして、結果目の敵にされ散々な目に遭った。

あんなのはもうごめんだ。

人気者にはなれなくていい。嫌われないだけならそう難しいことじゃない。

例えばこんな感じに。

「灰村くん、実行委員会の方でもオッケーだって！　ニヒサ呼べるよ」

「マジっすか？　超うれしいっす！」

俺と目の前の上級生は一大プロジェクトを成功させたみたくハイタッチする。

大げさな笑顔とおどけた身振りで力いっぱい媚びてみせる。

時は昼休み、場所は所属する映画研究部の部室。そこへ現れた三年生の生徒会役員とのやり取りだ。

秋の文化祭にニヒサをゲストとして呼びたいという話だった。普通の都立高校のウチにそんな予算あるはずもないが、生徒会の後輩から「同中でニヒサと知り合いの奴がいる」

と聞き、その伝手で頼めないか、と訪ねてきたのがつい昨日のこと。

その時はまだアイディアに過ぎず、他の生徒会や委員会メンバー、顧問等が乗り気なら って話だったのだが、思った以上に話が早い。こうして通ったという報告を受けている。

「じゃあ、改めてお願いね！」

「はいっ！　任せてください！」

俺は内心の動揺をごまかすべく努めてハイテンションで快諾する。がっしりと固い握手を交わしながら役員は言う。

「やー、実は不安だったんだよね。灰村くんニヒサアンチかもって後輩が言っててさ」

「あー、それ黒歴史なんで！　今は全然そんなことなくて、むしろその時の反動でハマったとこあるっていうか……忘れてください」

俺の答えに、彼はすっかり気を許した風にうなずいた。

「キミに頼んでよかったよ」

あくまでダメ元ですけど、と最後に釘《くぎ》を刺すと彼はあ、そりゃそうだよね、と気落ちした感じを見せつつも、希望を捨てきれぬ様子で帰っていく。

「はあ……」

ドアが閉まって足音が聞こえなくなると穴の空いたソファにどっかりと腰を下ろし、ため息をつく。疲れた……。

もとは昨日引き受けた話だったのだが、この二十四時間の間に裏で事態が激変していた。有沢ニヒサは失踪と自殺未遂のコンボを決め、今は俺の家に匿われている。もちろん彼はそんなこと知る由もないし俺も知らない設定なわけだが、何かボロを出さないか不安でしかたなかった。

「ホントによかったん？　昴《すばる》くん」

三編《みつあ》み眼鏡《めがね》の小柄な女子が言う。一ノ瀬《いちのせ》いさな。小学生にしか見えないような外見だが三年生で我が部の部長だ。

「冗談じゃねえ！　あんな女誰が呼ぶかよ。テメーでDMでも何でも使ってお願いしてから来いよボケ！　ってあたしから言ってもいいんだよ？」

「んなこと思ってないですよ……。いいじゃないですか。来てくんねって頼むだけで潰されずに済むんでしょ？　安いですって」

我が映画研究部の部員は三人のみで、これは校則にある部活存続の最低人数を下回っている。ここ三年ほどそんな感じであり、本来なら廃部とされても当然だ。そこをなあなあにしてもらうために生徒会への点数稼ぎをして損はない。

三人目の部員、一年生の原靖幸が感心半分呆れ半分みたいな調子でつぶやいた。

「でも凄《すご》いっすよね灰村先輩。アンチなのに」

「……まあ」

昨日までならもっと即答してたろうな、と心のどこかで思う。

灰村昴はアンチ有沢ニヒサ。校内で二人だけがそのことを知っている。一ノ瀬先輩は何故嫌いなのかまで含めて。

「俺は嫌いなもん褒めるの無理だなぁ……嫌じゃないんすか？」

「誰でもあんなもんじゃね？　社会に出たらもっとやべえだろ。予行だよ予行」

敢《あ》えて嫌な言い方をしてはいるが、でも多分、そうなんだろうと思う。

自分らしさを大事になんて言われて育った世代だけど、少なくとも俺は、たった一人でも貫《つらぬ》けるような自分がある、そんな特別な人間じゃない。とりあえずの快適さ、居場所を守る方が大事な小物だ。

「頼んでくれるのはマジなんすか？」

「まあ、一応」もう頼むもクソもない状況だけど、と心の中で付け足す。

「あざす。……で、結局何でアンチなんすか？」睨《にら》むような目線になって原は尋ねた。原は有沢ニヒサの大ファン——あのポスターもこいつの私物——であり、ことあるごとに俺が彼女を嫌う理由を聞いてくる。

「言ってんじゃん、媚びてんのが嫌って」

「媚びじゃないですっ！　ニヒサは素で天使なんです！」

「おう」

「何すかその目！　いや、五兆歩譲って媚びてたとして！　灰村先輩今媚び媚びだったじゃないですか。それで何でニヒサを叩《たた》けるんすか！」

猛牛のような鼻息で詰め寄る原に気圧されながら、俺はどう言い訳したものか、と思っていると。

「あっ」

原が小さく声をあげ、「まさか」という顔で俺を見る。一体何だ。

「『異世界人』だから……？」

「ちげえよ」

「じゃあ何で」

そんなところでタイミングよくチャイムが鳴り、俺はこれ幸いと部室を後にする。

否定はしたが、しかし全くの無関係ってわけでもない。

有沢ニヒサは異世界人だ。俺が一番愛した女優・有沢アテナを追い出す形でこの世界へ現れた。

興歴二五〇七年、サシガミ府零joe町生まれ。

父親はシーリカという楽器の輸入販売で成功した貿易商。家族構成は両親と年の離れた兄。マフ、という名前のドードー鳥を飼っている。

三年前、十四歳だった当時は国立女子教育院の七年生。向こうの世界では赤毛の癖《くせ》っ毛で、この世界に来てから綺麗《きれい》な黒髪に感激し、髪を伸ばすようになった。

所属事務所のタレント紹介にも書かれている有沢ニヒサのプロフィールだ。

彼女の意識は三年前、突如としてこちらの世界の有沢アテナの体に宿り、そのままこの世界での生活を続けて今に至っている。

これが不思議ちゃん的なキャラ付けだとかかわいそうな女の子の妄想だとか思われていないのは、そういった事例が他《ほか》にも数多くあるから。

この世界には異世界人と呼ばれる者たちが存在する。

パルプロテュカ型解離性人格障害、俗に言う『異世界病』の患者たちだ。

記録のある最初の患者はホンジュラスのコーヒー農園で働くカルロスという男らしい。収穫作業中に突然「ここはどこだ」と叫び、意味不明な言語で喚《わめ》き散らした。

パルプロテュカ゠アルナクルナと名乗った「彼」は傑出した頭脳の持ち主で、ボディランゲージ主体のコミュニケーションだったのが数ヵ月経つ頃にはポルトガル語を習得。自分の身の上を語り始めた。

パルプロテュカはどうもイギリス生まれらしいが、彼が地図を指して発した国や町の名前は全くの未知のものだった。彼が語る歴史も、やはり一般に知られているものとは大幅に食い違っている。当初使っていた言葉からしてそうだ。

自分は意識だけがこの世界に迷い込んでしまったようだ、という彼を周囲の人は質問攻めにして、その大半は小馬鹿にしていた。気を引きたくて突飛なことを語り始めたか、あるいは妄想を本気で信じ込んでしまっているのだと。すぐにボロを出すはず、メッキがどれだけ保《も》つか試してやろうと。

結果、それらは全て、彼の主張にリアリティを与えるだけの結果に終わった。

架空の世界の地図や歴史、宗教、大雑把な個人の人生の略歴なら、妄想好きが作り込むことはあるかも知れない。だけど彼は前の世界での恋愛談を何時間も語り続け、そこに登場するスラングの意味や烏匠《アサンガ》なる職業についても聞かれればすらすら答えたし、逆に妄想なら決めていそうなことを知らないと即答したりもして、その塩梅《あんばい》はひどくリアルだったそうだ。本当に異世界があるのかも知れない、と思う奴が出るのにそう時間はかからなかった。

異世界説をさらに裏付けるような事実が判明するのは十二年後。パルプロテュカの話に登場する、当時どんな理論物理学者も存在を予想していなかった粒子が実験によって観測されたのだ。

世界がおどろき、パルプロテュカは一躍時の人に、なんてことはなかった。

パルプロテュカはその二年前にもともとの人格であるカルロスに戻ってしまい、以後二度と現れなかった。十年間パルプロテュカの世界で暮らしていたと語るカルロスは、あちらの世界での十年間をパルプロテュカと同じ言語で事細かに語ることができた。

パルプロテュカの件が有名になるにつれ、続々と似たような事例が報告され始めた。昔からいたのか、彼を皮切りに発生するようになったのかはわからない。中国の役人はアメリカのダンサーになり、ドイツの時計職人は聖領ラチスカの漁師になった。「彼らの世界」はそれぞれがバラバラのようで、こちらの世界に比較的近いこともあれば全くちがう歴史をたどった世界、はるか古代だったこともある。

・発症者に特有の傾向、性別、年齢、人種、国籍といった偏りや、発症後の人格の語るパーソナリティとの相関関係は見当たらない。
・発症から最短で数ヵ月、長い例では十数年で、「治る」ことがある。治った場合、戻ってきた人格は同じ年数を「向こうの世界」で過ごしていたと証言する。発症には前兆のようなものはないが、治る時にはその数日前に向こうの世界での知覚情報が脳内に流れ込むと訴えることが多い。
・二つの人格の間で、治癒の前兆を除けば知覚や記憶の共有は行われない。

現在まで判明しているのはこんなところだ。

やはり超高度な妄想だとか集合無意識とか、マルチバース間での人間の脳のネットワークとか魂の転移だとか色々言われているし研究は盛《さか》んに行われているものの、未《いま》だに詳しいことはわからないまま。

現在世界に百万人、日本では一万人弱の異世界人が暮らしている。

ニヒサは医者や俺の目の前でこの世界に存在しない楽器シーリカの演奏をエアギターみたいに披露してみせたし――どうやらアコーディオンのような原理の楽器らしい――、誰も知らない有名曲をいくつも歌い、詩も諳《そら》んじる。その様子から翌日には異世界病であるとの診断が下された。

当初の俺はアテナの帰還だけが望みで、毎日毎日通っては治る兆候がないかと尋ねたが、その気配もないまま時が過ぎる。

発症から少し経つと、ニヒサはバラエティ番組に出演を果たす。子役として一時期ブレイクした少女が異世界人に、という話題を聞きつけたテレビ局が声をかけてきたらしかった。

その番組でのニヒサは、今知られている彼女の原型がすでにできあがっていた。異世界育ちだから何も知らなくて、見るもの全てに瞳をキラキラさせるような様子はいかにも愛くるしかった。

そこで大勢の目に留まったことで、続けてドラマ出演のオファーがあったらしい。恐らく話題性からの起用だったんだろうが、その回だけで彼女に並外れた芝居の才能があるのは明らかだった。幼い頃《おさな》に誘拐され世間から隔絶《かくぜつ》されて生きてきた少女という役柄がぴったりはまり、女優としての道が開けることになった。

容姿と才能、人柄……全てに恵まれた彼女はスターダムへと駆け上がる。

ニヒサは傷一つ負わないままその後もスター街道を驀進《ばくしん》していき、特に『世界の愛し方を教えて』のヒットは世間を彼女一色にしたと言っていい。

彼女は劇中でも異世界人の役だった。

その少女はこの世界での自分の体に強い違和感を持っていた。突然別人の体になった異世界人には実際よく見られる症状なんだという。少女はもとの世界に、もとの体に戻りたいと嘆き、人に顔を見られることを嫌い、常に容姿を隠して生活していた。そんな彼女も物語を通して人の温かさに触れ、成長し、最後には自分の容姿を受け入れて顔を隠す帽子とマスクを脱ぎ捨てて言うのだ。

『この世界が大好き』と。

ニヒサのパブリックイメージが、まさにあの一言に集約されていたんだと思う。

ニヒサはお行儀がよかった。

テレビでもラジオでもコラボ動画でも、トークでは必ずその場の誰かを立てる役に回るし、紹介される流行のグッズや変わった食べ物、豆知識なんかにもイチイチ心の底からおどろき、称賛しているように見えた。この世界にはこんなに凄いものがあるんだと、この世界に来られた幸せを噛《か》み締《し》めているみたいに。

誰からも愛される、ある種の理想を体現するような——それが嫌だった。

だって、あんなの俺の同類じゃないか。

どれだけ巧みでも、熱量があっても有沢ニヒサが好かれる原理は俺がやってることの延長線上じゃないか。

みんなが当たり前に受け入れているものを当たり前に好きだという。あるいはもっと進んで、大して好きでもない、何気なくしている行為を凄いんですよと持ち上げる。

そりゃ気持ちいいだろう。好かれるだろう。でもそれだけじゃないか。

自分たちを肯定してくれるとびきり顔のいい女の子、ってだけじゃないか。

そんなので、有沢アテナの顔で、有沢アテナより愛されないでくれ。

あんなのを愛さないでくれ。

そう思うのに、ただ道を歩いているだけであの見たくもない笑顔が、聞きたくもないソプラノボイスが入り込んでくる。嫌な世界になってしまった。

そんなわけで、俺にとっての有沢ニヒサは異世界からの侵略者だ。

昨日までは。

授業が終わり帰宅すべく荷物をまとめていると前方の席の連中がざわつきだす。彼らがスマホを覗《のぞ》き込《こ》みながら口にした内容に、俺もすぐさま確認する。

SNSのトレンド一位にその答えが表示されていた。

【有沢ニヒサが失踪《しっそう》、自殺未遂も】

「いよいよ終わりね、私も」

そのニュースを聞かされて、ニヒサはあろうことか笑っていた。世間によく知られたものじゃない、破滅的な暗い笑み。

俺が帰宅すると、ニヒサは約束通り首も吊らず手首も切らず、リビングのソファに腰掛け、映画を見ていた。薪山壮一《まきやまそういち》という人物の初期作品で、ローテーブルには他にも薪山映画のBDがいくつか積まれている。

「ねえ」

その意味を考えるより先に、ニヒサは俺に言う。

「もう一つ、見たい映画があるの。いいかしら」

「何」

何だか、嫌な予感がした。

「あなたとアテナが撮ってた映画」

・・・

アテナとの出会いは中一の冬のことだ。クリスマスも近いような時期に、俺は学校近くの公園で同級生に囲まれボコられていた。

当時の俺はそいつらのATM兼サンドバッグ。ただその日は趣向を変えてコンビニでコンドームを万引きしろと命じられ、ポケットに入れるところを店員に見つかって逃亡、罰としていつもの三割増しの扱いを受けているところだった。

別にめちゃくちゃ痛いわけじゃない。連中にも骨折とかマジな怪我はさせないくらいの分別はあったみたいだ。だから、我慢してればすぐ終わる――心を殺して惨めさをやり過ごそうとしていた。

そんな時間の終わりは、連中が飽きるより早く訪れた。

もっかいやれ、次逃げたら女子トイレ侵入させっぞ――なんてことを言いながら俺の首を絞めていたリーダー格の奴が真横からの衝撃に吹っ飛んだ。

全員の視線が向いた先、背の高い女子がそこにいた。

着崩した制服、派手に染めたベリーショートの髪。

有沢アテナ。同中で同学年、二つ隣のクラス。さっきのは彼女が蹴りを入れたらしかった。

不意打ちを食らわされ、当然連中も黙ってはいなかった。蹴られた奴も起き上がり、取り囲もうとするが失敗に終わる。その時のアテナはカッターナイフを手にしていて、それを躊躇なく振り回したためだ。

カッターとはいえ刃物は刃物だ。当てても構わないと思わせる勢いで人に切りつけるのは遊びでの殴る蹴るとはわけがちがう。切られるのを覚悟で前に出れば勝てたのかもしれないが、そんな覚悟あいつらにあるわけもない。だから、勝負ありだった。

キメ、とリーダー格が引きつった顔で嘲笑うと、俺に一発蹴りを入れてすごすごと帰っていく。

その情けない姿を俺は呆然と眺めていた。十秒、二十秒くらい経ったろうか。はっとなってアテナの方へと視線を向けると、彼女は俺に手にした何かを差し出してきていた。何かと思えばさっきのカッターだ。

「え？」

「見たでしょ。あいつらビビリだから。持ってなよ」

つまり今後はこれで身を守れってことらしい。俺は持っていても絶対あんな風にできないと思うが、その時はそんなことどうでもよかった。

「えと、あの、有沢……さん？」

「……何？」

多分俺の名前も知らなかったであろう当時の彼女に、俺はあまりにも唐突な要求をした。

「俺の映画に出て？」

有沢アテナは目立つ生徒だった。

外見通りに素行は悪いらしく登校している日の方が少ないのだが、それでも登校し廊下を歩いているだけで周囲がちらちらと視線を向けるような存在感を持っていた。

理由としては、まずとんでもない美人だったこと。第二に、彼女が芸能人だったこと。

その容姿から小学校に入ってすぐスカウトされたらしい。悪ガキ、という子役にはあまりいないキャラが受けたらしく、一時期はドラマやＣＭにもけっこう出ていた記憶がある。

そんな彼女に、俺は映画に出てほしいと思った。

俺の父親は映画監督である。学校では誰にも言っていなかったその情報を彼女には明かした。自慢したかったというよりは、自分の踏み台にするためにだ。

「親父の映画、全然なんだよ。初期はともかく今は。売れてるけどあんなん本当の映画じゃない」

俺は彼女を自分の家に招いて、本当の映画――ディストピアSFやノワールの、自分が感銘を受けた作品の話をして、それから自分の映画も見せた。

小四から撮り始め、ネットに多数アップした結果、再生回数は三桁いけばいい方。それが全てを物語っているのに俺は見る奴が馬鹿なんだと信じて疑わなかった。

「見る人が見れば絶対才能あるってわかるから。今度こそ、有沢さんを主役にすれば絶対凄いのが撮れるんだよ」

「どういう映画？」

当たり前のことを聞かれて俺は答えに詰まる。何しろその時点では何も考えていなかった。

まだ撮っていない映画のネタはたくさんあった。だけど、それらの主演をアテナにしたいかと考えたら、アテナが演じるのに相応しいかと考えたら、そんなわけがなかった。

アテナに出てほしいかと考えた時、俺はうっすらとだが自覚したんだと思う。それまでの俺は撮りたいもの描きたいものもないまま映画を撮るという何となく頭良さそうな行為をしたかっただけ、親父が仕事にしている行為をダシに親父を馬鹿にしたかっただけだと。

だからアテナが初めてだったのだ。間違いなく撮りたい人間、描きたい美しさを宿した人間は。

あの場所に颯爽と現れ、世界を切り裂くようにして俺を救ってくれたアテナを見て、主人公《ヒロイン》だと思ったのだ。

その日から新作の構想を練り始め、アテナともつるむようになった。場所はだいたい俺の家。無駄に何でも買い与えられて育ってきたからゲームも漫画も、アテナが暇を潰せる物には事欠かなかった。ホームシアター設備で古今東西の映画を見ることができた。俺が好きな映画をアテナは全然受け付けず、家族の愛に全米が泣いた、みたいな俺が馬鹿にする類の作品を好んで見ている。

「テレビってもう出ないの？」

そういえば、と俺は聞いた。中学に上がったあたりからアテナをテレビで見かけなくなったし、毎日のように俺の家に来るのを見ると多分本当に仕事はない。学校は単にサボっていただけらしい。

「ウチもういらないんだって」

彼女はそう答えた。何のためもなく、ゲーム内でボムを設置しながらすっと。

『親に恵まれない、かわいそうな子供をオモチャにしているTV局はいかがなものか』

――たとえば言葉遣いや髪の色や名前を理由にそんな批判が目立つようになると彼女はお

払い箱になったのだという。

「ウチは別にいいんだけど――」

テレビに出ていたころも楽しかったわけじゃない。チヤホヤしてくる大人たちも、自分を面白がってオモチャにしてるような雰囲気はたしかにあった、年相応の常識も身についていないのを見せると喜ばれた、バカにされているのがわかったから、と。

「ママがめっちゃキレてんの」

アテナの母親は絶対に見返してやるのだと、使ってもらうべくアテナには髪を黒く染めさせ、高い服を着せ、自分も改心したかのように振る舞った。手当り次第にオーディションを受けさせ、かつての所属事務所や業界関係者に使ってくれと頼み込む。

努力も実を結ばず娘のギャラで豪遊していた生活のツケが回ってくると、少しでも娘に稼がせようと大人とのデートだとか個室での撮影会だとか売春スレスレの仕事をさせようとする。親に恵まれないというのは本当のようだ。

そんな母親のことも、アテナはそう悪く言わない。「ママも似たような仕事してたんだって。稼ぐのは当たり前なんだって」「苦労してるんだよ。ウチ育てるのに」と。

アテナ自身に芸能界やいい暮らしへの未練がないのは、多分本当だったんだろう。

だけど、怒りも泣きもしないけれど、寂しそうだった。

あの日振り回したカッターの刃みたいに、鋭くて薄くて脆い、そんな横顔。

「大丈夫だよ」

俺は宣言した。

「映画完成したら親父に頼んで宣伝してもらうよ。そしたら大勢が見るから。見る目がある人だっていっぱいいるし、絶対話題になる。有沢さん、また人気出るよ」

馬鹿にしていたアテナの美しさに、誰もが目を覚ますはずだ。育ちが悪いと馬鹿にされることもない。まともになったふりをすることもない。そのままのアテナを起用したいという人が大勢現れる。アテナはアテナのままでスターになれる。

……俺は多分、好きな女の子を自慢したかっただけなんだと思う。アテナがスターに返り咲いて、そしたら見出した俺スゲーって言いたかっただけなんだと思う。アテナ自身にその願望があるのかなんて、金を稼げても芸能界にいて幸せなのかなんて考えちゃいなかった。身勝手な押し付けだった。

でも身勝手なりに、それまでの人生で一番真剣な数ヵ月だった。

二年生にあがる頃、脚本が完成し、彼女は出ると言ってくれた。

俺の人生の絶頂期だったと思う。

この映画は三年経った今も完成していない。

撮影の最中、ちょうど、あの踏切を渡る場面だ。そこでアテナ演じる主人公は異世界病を発症し、舞台は異世界へと移るはずだった。

そうしたら本当に、アテナは異世界へ飛ばされ、代わりにニヒサが現れたのだ。

・・・

ニヒサは、アテナができなかった生き方で世界に愛された。

多くのメディアでアテナのことには申し訳程度にしか言及されず、今や一番見かけるのはアテナとニヒサのクソみたいな比較画像だ。きっと俺以外誰も、アテナの帰還なんて望んじゃいない。それが嫌だった。

それで中三の夏、いよいよニヒサが芸能界での地位を固めつつあった頃、俺は彼女のSNSアカウントに送りつける形で、アテナの映画をネットに公開したのだった。

ショートフィルムとも言えない、アテナが発症する前に撮っていたぶつ切りの映像でしかないのだが、これだけでもアテナの方がニヒサよりずっとずっと素晴らしいのはすぐわかるはずだ、と。

あれから二年弱、動画サイトから削除しパソコンの奥底に眠っていたその時のファイルを引っ張り出して、テレビで再生している。

ニヒサは身動きどころか瞬き一つせず、画面を食い入るように見つめたまま。

俺はと言えば「早く終われ」の一心で、幸いたった十五分足らずなのですぐに願いは叶った。ストーリー上の区切りでもなんでもないところで映像は終了、自動でTVへと切り替わる。

ニュース番組の流れる画面をぼんやり見ながら、ニヒサに先んじて俺は、自分の作品を振り返る。

「いや……クッソだよな……黒歴史だわ」

序盤だけでも脚本はガタガタ、オシャレなつもりの激寒センスが遺憾なく発揮されている。十四歳のアテナが動いて喋ることだけが唯一の救いだ。

これを公開した時の反応は、失笑と、生温かい擁護と、本気の罵倒。全く妥当だと思う。

当時のニヒサもきっと不快だっただろう。二年越しの嘲笑や嫌悪の言葉が飛んでくるのと、俺は半ば期待しながら彼女を見た。

「私は好き」

「……好き？」

「ええ。監督《あなた》がどう言おうと、いい映画だと思ってるわ。完成したのを見たかった。私が言うことじゃないけどね」

そう言われた俺は、しばらく呆《ほう》けたみたいになる。

信じられなかった。この映画に褒める要素など一つもない。多分、アテナだってわかってて言わないでくれていたと思う。だから煽《あお》り以外じゃあり得ない評価なのだが、にしてはニヒサはあまりにも率直な様子だった。

本当に、この映画を褒めているようだ。

「何言ってんの?」

それが癪に障《さわ》った。不本意に褒められるのが、俺は貶《けな》されるより嫌いだ。

「じゃあ何がいいっつうんだよ。教えてくれよ?」

「アテナが、綺麗」

ニヒサはそう即答した。

「……何? 顔がいい? そりゃそうだろ」

「ちがうわ。あなたがそう撮ってるの」

「……」

「何よりもアテナの美しさを撮ろうとしてることがよくわかる。私にもあなたの考えるアテナの美しさが伝わる。他は全部ツギハギだけど、アテナのことだけはあなたが自分の目で見つめてる。

アテナが好きなのね」

俺は何か言おうとして、しかし否定も肯定も上手《うま》く言葉にできなくて、乗り出しかけた体をソファに沈め、俯《うつむ》いた。顔が熱い。

火照りが収まって顔をあげると、苦い顔をしたニヒサが俺を見ている。

「だから謝りたかった。あなたと、アテナに……あなたの体で、アテナを貶めるような生き方をしたこと」

「やめてくれ」

再度謝られてもやはり、何かが晴れたような気持ちは微塵もなかった。

「あんたはアテナじゃないだろ。キャラがちがって当たり前だし、媚びた売り方だってあんたの勝手だよ。アテナと比べてケチつけた俺がガキなんだよ」

わかりきったことを、本当はずっとわかっていたことを俺は口にする。

それに、ニヒサがそうせざるを得ない背景だって、本当はたやすく想像がついた。

「あの母親だもんな……知ってるよ。せっかくチャンスが転がり込んできたのに成功しないなんて許さないよな」

一時の成功を知ってからというもの、娘を金を稼ぐ手段としか捉えなくなったらしいアテナの母親。ニヒサからしたら赤の他人なんだろうが、法律上親は親で、ニヒサは、従うしかなかったんだと思う。

頼れる人なんかいるわけない、前の世界に全部置いてきてしまったんだから。

「あなたの想像ほどあの人はひどい親じゃない。私が流されただけ。それが楽だったから」

「じゃあ、やっぱり責めらんないな」

ニヒサの答えに思う。俺自身がそうなんだから。

「俺に謝られる資格なんかないって、朝言ったじゃん。俺の方なんだよ、アテナに謝んなきゃいけないのは」

「どういうこと？」

ニヒサが尋ねると、俺は一呼吸置き、拳をぐっと握った。朝にも言おうとして、逃げた。憎んできた相手に自分の汚点を晒すのは嫌で。クソみたいなプライドだ。ここまで来てプライドにしがみつくのは本当にクズだ。

アテナの体を奪った女。アテナを綺麗だと言ってくれた女。彼女に謝らせておいて、自分だけ綺麗なままなんてあっちゃいけない。

「あんたにクソリプ飛ばしてちょっと燃えたじゃん？　リアルは燃えたどころじゃなくてさ」

一ノ瀬先輩にしか明かしていない過去をニヒサにも語りだす。

アテナが牽制《けんせい》になって近寄って来なかった連中は、アテナが消えると再び俺をターゲットにするようになった。あの映画は連中への餌《えさ》でしかなかった。もらったカッターナイフを抜いてみたことがあるが、思いっきり震えて、バットで殴られ叩き落とされた。過去一番の袋叩きにあった。

映画を大声で笑いものにされ、劇中の場面をそいつらの前で演じさせられ、撮っていない続きの場面まで台本を朗読させられ、その後で殴られた。最後は「あんなゴミ作ってすみませんでした」と謝罪させられる……そんなことが続いた。

「そっからはさ、自分からゴミですって率先して言うようになったよ。あいつら以外もみんな馬鹿にすっから。変に逆らったら絶対よけいオモチャにされるから……。最低だろ？」

俺に、映画監督の資格はない。技量が足りないとかセンスが悪いとか、そんなことよりよっぽど致命的な問題だ。俺は自分を守るために作品もアテナも裏切った。

「俺だけは映画を守んなきゃいけなかったのにな」

過去を語り終え、ニヒサの瞳をまっすぐに見据えると改めて言った。

「あんたは責められるようなことしてないし、俺は責めていい人間じゃないんだよ。俺こそごめん。あの時あんな絡み方して、あんたが綺麗って言ってくれたものを守らなくて」

深く頭を下げ、十数秒。俺が顔を上げると、ニヒサは何故だか、謝罪した時以上にバツの悪そうな表情で俺を見ていた。固く結んでいた唇がゆっくりと開き、言葉を紡ぐ。

「でもやっぱり、責められないわ。私も」

「そんなわけ――」

ないだろ、と言いかけてやめた。こんな自己満足のための茶番よりも、言わなきゃいけないことがあるはずだ。

俺はニヒサをどうしたいか。どうあってほしいか。一つだけわかったことがあった。それを口に出す。

「……ここにいなよ。気が済むまで」

彼女は目を見開き、ぱちぱちと瞬きする。苦しげな表情で俺に言った。

「アテナを殺そうとしたのに？」

ヤケになったみたいな、張り詰めた、なのにスカスカな声は、それを発する彼女は、カッターの刃みたいに危うくて頼りない。

「私が死んだらアテナは私の世界に置き去りよ？　二度と会えないのよ？　許せるの？」

「……そりゃ、死んでもいいよとは言えないけどさ」

まあ、アテナからしたらたまったものじゃない、と考えるのが普通だろう。

だけど一方で、これは恐ろしく勝手で都合のいい想像だけど、アテナは責めないのではないかとも思う。

アテナは直情的で乱暴だけど、優しかった。自分がデビューして稼ぐようになるまでブラックな職場で必死に働いていた母親のために、上手くもないぶりっ子に挑戦するくらいに、売春手前の仕事もするくらいに、俺のクソ映画に出てくれるくらいに。

死にたい、という願いを、アテナは責めないんじゃないだろうか。

俺はリビングを見渡した。無駄に金のあるこの家は十分に広くて快適だ。北欧製のこのソファは普通の椅子が硬くて耐えられないくらいフカフカだし、ホームシアター設備で古今東西の名画を見られてゲームもできて、漫画も小説も大量にある。少なくとも、隠れ家としては上等なはずだ。

彼女がこの家を死ぬほど嫌いな世界から外してくれたらと思う。それなら、俺はニヒサにここにいてほしい。

具体的なところは一切ノープランのまま、アテナと同じ顔の彼女を前に心から思った。

しかし。

「……帰るわ」

ニヒサは首を横に振り、唐突に宣言する。

「ありがとう、ここに置いてくれて。この一日は、悪くなかったと思う。何も意識せずに息ができた」

どこか清々《すがすが》しささえある口調でニヒサは言う。でも全然うれしくなかった。うれしくない清々しさなんてあるんだなと思う。

「帰って、どうすんの？」

親元に、事務所に、芸能界に戻るのだろうか。「あんなこと」があったのに？

俺の疑問に、ニヒサは「さあ？」とやはり清々しい笑顔で言う。うれしくなかった理由がわかった。この清々しさというのは多分、投げやりさの裏返しだから、そんな口調と表情だった。

「誰が何を言おうと芸能界には戻らない。ここにもね。……ただ、ただ生きていくだけ。世界の、どこか隅《すみ》の方で――」

その言葉で俺の頭に浮かんだのは暗い部屋で膝《ひざ》を抱《かか》えたまま時を過ごす、そんなイメージだった。

二十四時間前までは、嫌悪感しかなかった相手だ。アテナと同じ顔をしていながら似ても似つかない振る舞いでアテナの物語を塗り潰す侵略者。

今は、彼女を帰したくない。彼女を苦しめた連中の世界に行かせたくない。今の彼女をもっと見ていたい。彼女と話したい。

彼女を――

「実は、実はね」

「？」

ニヒサが、何か迷う様子を見せ、大変な何かを打ち明けるかのように息を吸い、口を開きかける。

ことが起きたのはそんなタイミングだった。

ずっと流れていたニュースの音声はただのBGMだった。それが突如意味のあるものとなって、俺も、何か言いかけていたニヒサも共に画面に釘付けになる。

『つい先ほど報じられた、異世界人女優として知られる有沢ニヒサさんの失踪と自殺未遂について、関係者へのインタビューの模様をお伝えします』

画面が切り替わる――ホテルの一室のような背景、中央に端整な顔立ちの男。

その顔を見た途端に肌がざわつくように感じた。

五十近いはずなのに三十代半《なか》ばに見える、清潔感が服を着たみたいな男だ。

俺もニヒサも、この男を知っている。今は海外にいるはずだからリモート取材か何かなんだろう。

この男は薪山壮一。

ドラマ『世界の愛し方を教えて』の監督。

そして。

俺の父親だ。

『ニヒサさんの一連の行動については、彼女の周りの大人の一人として重く受け止めています。今はとにかく無事でいて欲しいというのが第一です』

番組のアナウンサーに心境を聞かれ、親父は淀みなく、だけど混乱と不安の現れた様子で語った。きっとそう見えるように話していた。

『もしもニヒサさんがこの映像を見ていたら、早まらないで欲しいです』

その言葉だけ聞くと、至極まっとうなことを言っているように聞こえる。だけど、親父はあることに触れなかった。

『薪山さんはドラマの撮影等で関わりが多かったと思うのですが、ニヒサさんに何か今回の兆候ですとか、思い当たる部分は感じられましたか？』

『いえ、全く。いつも明るい、すごくいい子だと思っていました。それに甘えていたのかも知れません』

いかにも申し訳なさげに答える親父に、俺は思わず舌打ちしていた。

思い当たる部分がないはずがない。こいつだって知っているはずなのだ。

『自殺したのよ。異世界人の、私達より年下の男の子が』

昨日、ニヒサがそう語っていた。

ニヒサはこの世界で人気を得るために、ひたすら明るく、健気に振る舞うことを強いられてきたし、ドラマの主人公の造形もまさにそれを反映したものだった。別な世界からやってきて、ちゃんとこの世界を好きになって、合わせてくれる、持ち上げてくれる少女。

その少年はニヒサみたいに、あの主人公みたいに振る舞えと周囲に言われ続けて、結果命を絶った。それを知らされ、ニヒサは後を追うと決めた。もう嫌だ、と。

『皆に愛された有沢ニヒサが、私が愛されたことが、あの子を殺したの』

そのドラマの監督を務めた、脚本を書いた当人である親父はそんなことおくびにも出さず、最後に改めてメッセージをと求められて、こう締めくくった。

『話し合いましょう。僕も、事務所や関係者、君のファンの皆さん、すべての人が思ってくれているはずです。君にこの世界を愛してほしいって』

気づけば、俺は拳《こぶし》を握っていた。

何を言ってるんだ。世界を愛して欲しい、じゃないだろう。

お前のそのポジティブなメッセージで自殺した奴がいるのに。ニヒサがそれで死を選んだと想像はつくはずなのに。

何で導く側のつもりになれるんだよ。

そんな俺の怒りを冷ましたのはニヒサの姿だった。

血走った目から涙を流し、牙《きば》を剥《む》いて画面を睨みつけていた。膝に置いた手の爪《つめ》が肉に食い込み血が滲《にじ》んでいた。

ニヒサについての報道はそれで終わり、次のニュースへと移行する。人気のペット特集が流れる中で、ニヒサが身を震わせ、嗚咽《おえつ》する声が部屋には響いていた。

湧《わ》き上《あ》がるものがあった。物凄く、不謹慎な衝動だった。ニヒサ当人からしたら反吐《へど》が出るような浅ましい欲望かも知れない。だけどそれは、かつてアテナに抱いたのと同じものだった。

踏切前のニヒサの姿に胸打たれたのも、彼女を家に連れ帰ったのも、彼女を帰したくなかったのも、間違いなくその欲望がどこかにあった。

嗚咽がやみ、洟《はな》を啜《すす》ったニヒサが顔を上げる。そのタイミングで俺は画面から目を離すとニヒサに向き合い、宣言した。

「映画に出てほしい」

今度は思わず零れたものなんかじゃ断じてない。

「この世界が、死ぬほど嫌い」

カメラに向かってそう語りかける場面で、この映画は始まる。

踏切前に佇むニヒサの独白。

実際に今撮っている場所は家のガレージで、背景は合成用のグリーンバックだ。それでもニヒサの笑顔はあの時の衝動を、俺にそのまま蘇《よみがえ》らせた。

この映画は、ドキュメンタリーになるだろう。

ずっと世界に媚びてきたニヒサが、取り戻した怒りを吐き出す、そんな映画になるだろう。

ニヒサの怒りが見る人間に届いてほしい。

何でも肯定してくれるお行儀のいい女の子じゃない。孤独で、苦しんで、怒っているニヒサを世界に認めてほしい。あのクソ親父の撮ったドラマなんか覆してほしい。

かつて、アテナの映画を撮っていた時と同じく、俺はそう思った。

今度こそ、自分が美しいものを堂々と美しいんだと訴えたい。自分を偽らないで生きたい。

ただ。

「アテナと私を一緒にしないで」

映画を撮ろうという俺の提案に、ニヒサは乗ると言ったが、一方でそう釘を刺した。

「私はアテナとちがう。アテナみたく綺麗じゃない。空っぽで、醜《みにく》いの。認められる気なんかない。反吐が出る。みんなに嫌われたい。この世界に嫌がらせがしたいだけよ。

あなたは、そんな映画でもいい？　ハイムラ監督」

深淵《しんえん》のような瞳で俺に訴える。

この映画の題名は『世界の憎み方を教えて』——ニヒサの発案だ。愛される気なんか微《み》塵《じん》もない。世界と無理心中するような、呪《のろ》いと怨嗟《えんさ》の物語だ。

予告しておくと、俺はたしかにその映画を撮って、公開した。有沢ニヒサの世界への憎しみが詰まった映画を。

だけど、それでもニヒサと俺は世界の愛し方に辿《たど》り着《つ》くことになる。

これはそういう物語だ。

Chapter.2　憎しみを花束《はなたば》に変えて

『この世界が好きですか？』

そんな問いを聞いたのは、ニヒサを連れ帰って三日目の朝だった。

練習がてらの撮影と今後の話し合いの後、ニヒサは前日と同じくリビングに隣接した客間で、俺はちゃんと二階の自室で眠りに就く。スマホのアラームで目を覚まし降りていくと、カーテン越しに朝日の差すリビングでニヒサが映画を見ていた。昨日の帰宅時とほぼ同じ光景だが、あの時は夕方、今は早朝。この映画の尺からすると五時頃から見ていたことになる。

「寝てねぇの？」

「嫌な夢を見て起きて、目が覚めちゃったからそのまま」

それでこの映画見るってどういう神経だよ、と思ったが口には出さない。

昨日と同じく親父——薪山壮一の初期作品。小児性愛をテーマにした恐ろしく救いのない映画だ。

「好きなの？　親父の映画」

「この頃のはね。とても穏やかになれる」

たしかに凪いだ様子の声が答える。映画はまさにラストシーン、主人公の青年がカウンセラーに、劇中何度も繰り返してきた問いを投げかける。

『この世界が好きですか？』――そう発した主人公は、もちろん世界が好きじゃない。それが二時間通して描かれる映画だった。

大学時代にデビューした親父は当初『世界を愛せない人たちの映画を撮りたい』と語り、上手く生きられない人間たちがうまくいかないまま終わる、この映画みたいな話ばかり撮っていた。

「笑えるわよね」

映画が終わるとダイニングテーブルを挟んで朝食の席に着く。昨日と同じシリアルに牛乳を注いでいるとニヒサが唐突にそう言った。

「何が？」

「あの映画を撮った男が、二十年経ったら私に言わせるんだもの――『この世界が大好き』って」

そのフレーズで誰からも愛され、しかし真逆の思いから死のうとした彼女の口元には、たしかに笑みが浮かんでいた。

どう返せばいいかわからない俺に、さらに彼女は問いを投げてくる。

「『世界が好き』って、あなたはどういうことだと思う？」

「それって……あの映画とか『世界の愛し方を教えて』の中で？　親父がどう考えてるか？」

「それもあるけど、もっと全体。現実の人生にも言える話で」

「……」

「ゆっくりでいいから。答えて」

答えさせるには質問がよくないと思う。人生においてもとなると愛とは何ぞやみたいなふわっとした話にしかならないんじゃないか。聞いたのが他の誰かなら、俺はまともに答えようとも思わないだろう。

だけど答えを待つニヒサの瞳はあまりに真剣な期待に満ちて見えた。それはきっと、逃げたり適当にはぐらかしたりなんてしちゃいけない類のものだった。俺は彼女を撮りたいのだから。

牛乳を吸ってふやけていくシリアルを前に、「世界が好き」の文脈をたどる。

世界を好きになった『世界の愛し方を教えて』の主人公、世界を好きになれなかった、自分の性癖を理解されずに苦しんでいたあの映画の主人公、これ以上なく愛されて、だけどそれが招いたものに耐えられず死を選んだ、世界を憎んだ有沢ニヒサ。

それに、俺自身。世界が嫌いだと言うニヒサに俺だってそうだと思った。

じゃあその逆の、好きでいるってどういう状態だ？　そういう奴は例えば学校でどう振る舞う？

「……周りと上手くやれてるって、ことじゃねえかな」

時間を取った割に、出てきたのは秒で出せそうな月並みな答えだった。

「周りの人間を好きになって、周りから愛されて、それでハッピーみたいな、そういう感じかな、多分」

俺が「媚び」として意識的に周りに合わせるのなんかとはちがう、ごく自然に周囲と好き嫌いが一致していて、あるいはちがいを認められて、何の違和感もなく他者に溶け込めている。あの映画の主人公はそれができず、ニヒサの演じた異世界人はそこにたどり着いていた。

俺の「世界が好き」のイメージはそんなところだった。

俺の答えに、ニヒサは満足か不満かもよくわからない表情で、しかし短く「そうね」と言った。

「それにも、通じるのかも」

大正解ではないが大外れでもない、そんな印象の反応で、だけどどこか、その声は落胆している風にも聞こえた。

「私は『飼い馴らされる』ってことだと思ってる」

「飼い馴らされる?」

俺のオウム返しにニヒサは頷く。

「よく飼い馴らされた犬はきっと、自分が奴隷だなんて思いもしないでしょう? 安全な寝床とエサが与えられて、遊んでもらっていれば、自分が序列の一番下だってことに不満も持たずご主人様に尻尾を振る。そう作られた生き物だから。

世界を好きになるっていうのは世界の飼い犬になること。私はそうなれって言われてきた」

そう言ってニヒサは、自分が飼い犬になるまでの歴史を語り出した。

『ニヒサちゃんにはこの世界をいっぱい好きになって欲しいんだ』

芸能事務所に入所した日、初対面のマネージャーは自己紹介や手続きの説明もそこそこにニヒサを遊びに連れ出し、そう語ったのだという。

「実際、はじめはおどろいたわ」

ニヒサはシリアルをスプーンですくいながらそう当時を振り返る。

元の世界では見たこともない高さの建物が林立し、その壁面には映像が流れて次々と切り替わるのも、ざっと見渡しただけで何百何千という人々が多彩な格好で出歩く様も。

「祭りじゃないのか、なんて間抜けなことを口にしたし、すっかり慣れたけどスマホもまるで魔法だって思ったわ。私の世界では電話さえも最新の技術で、なのにそんな板切れ一つで映像に音楽、世界中の情報にアクセスできて、おまけに誰もが持ち歩いてるって言うんだもの」

服飾も芸能も芸術も美食も多様で高度な発展を遂げた夢のような世界――最初は本当にそう思ったと。

「だけどちがう。安心したわ。どんな世界でも人間は変わらないって」

『デカい面してんねぇ。自分の顔じゃないくせに』

ある番組の司会者が収録中ニヒサに言った。半笑いの、いかにも面白いだろうという口調。

番組内のトークで彼の言葉にごく軽い反論をしたためで、それに対して返ってきたのは反論への反論ではなく、異世界人であること、別人の体に入っていることへの揶揄。

異世界病患者に対して非発症者《ネイティブ》から向けられる、最も安直で普遍的な差別。

俺も知っている。異世界人に限らず物議を醸す発言が日常茶飯事で、しかし降板には至らない、炎上芸なんて言われる司会者。

そこで、良識派とされる若手俳優が司会者をたしなめた。彼はニヒサの主張こそ正論であることを理路整然と説き、スタジオの空気はそちらへ傾いた。当のニヒサは味方を得ても反撃に転じることはなく、むしろもう大丈夫ですからと司会を責める空気を抑えようとする。そうして、放送後には司会者が何度目かわからない炎上。

「視聴者は彼こそ、彼を支持する自分たちこそ正義って思ったでしょうね。でも、そこまで全部台本通り。庇った男も私が馬鹿にされる台本に何のケチもつけないし、馬鹿にした男も台本に従ってるだけなのよ。

私の役はかわいそうな被害者。無垢な異世界人。守ってあげたくなる子供」

ディレクターからは口を酸っぱくして指示されたという。司会者に揶揄されるきっかけを作ったら後は任せること。絶対にしてはいけないのは、自分で揶揄に対して反撃すること。

『ニヒサちゃんにはそういうの求められてないから。キャラじゃないって自分でも思うでしょ?』

強者に守られる弱者で、ネイティブに守られる異世界人で、大人に守られる子供でいる。それが使命だったとニヒサは語る。

『ごめんね、つらい思いさせて』

収録後、マネージャーはニヒサを抱きしめて謝った。『ニヒサのおかげってみんな言ってる』と労いながら頭を撫でられ、帰りには接待で使うらしいレストランへ連れて行かれ、すばらしく美しいコース料理を振る舞われた。その料理を前に、マネージャーはあの日の言葉を繰り返す。

『ニヒサには世界を好きでいてほしいから』

それを体現するように、周りの大人達は、おおむねニヒサに優しかった。

事務所が用意してくれたマンションは完璧と言っていいくらいに快適だ。芸能活動の傍《かたわ》ら通える学校の世話もしてくれた。

初めて出演したテレビドラマの、今思えばずいぶんお粗末《そまつ》な芝居だって監督や演出家からベタ褒めされ、最後には花束を贈られた。それ自体は業界の慣行に過ぎないとしても、特別扱いされているのは恐らく勘違いではなかった。

快適な住環境。オシャレな服。美味しい食べ物。何万何十万というファンからの承認。

そのためには当然、彼女はやはり無垢で善良な存在として振る舞い続けなきゃならなかった。何でも褒めて、持ち上げる、何も貶さない。肯定だけをくれる天使のような美少女。

あの番組のような役回りを求められるのはその後も変わらず、どころか先鋭化していったのは俺にだって予想がついた。メディアでの彼女は実際そうだったから。

「人間には序列があるのよ。ほら、スクールカースト？　あなたの学校にもあるでしょう？　私の世界にはあったわ、芸能界にもね。かわいがられて持て囃されようと、私は

『下』、下の身分らしい振る舞いをしなきゃいけないの。たまたま美少女の体に乗り移ったから売れてるだけの異世界人《よそ者》で、その時十五歳の子供だもの。反撃なんて、積極的に主張するなんて生意気、反抗的ないじめられっ子なんてめんどくさくて同情しづらい。視聴者にも受けないし共演者にも制作側にも好かれない。飼い犬であることを受け入れて尻尾を振れ。芸をしろ。そうすればいい思いをさせてやるから。捨てられたくない、野良犬になりたくないだろってね。それをすっかり受け入れて、疑問も持たなくなるのが飼い馴らされる、世界を好きになるってことよ」

ニヒサはそう話を締めくくった。忌々しい内容に対して軽く、楽しげにすら感じる口調で。

ふやけきったシリアルに手もつけず、俺はしばらく黙り込んでいた。

ニヒサの『世界が好き』の解釈、ニヒサ曰く俺の答えとも通じるというそれは、同意するにはあまりに悪意的で、でもだからってそれはちがうなんて薄っぺらな否定もする気になれなかった。

ニヒサはまさにそう言わんばかりの扱いを受けてきたのかもしれない。もともとこの世界の人間じゃなくて、どれだけ人気を得ようとそれ以外の後ろ盾、無条件で助けてくれるものが何もない立場で、ならそんな風に感じるのかもしれない。

「でも」

無言の俺を見つめていたニヒサがまた声を発する。さっきまでの軽やかさとは明らかにトーンが変わっていた。

手にしていたプラスチックのスプーンが、折れる寸前のような軋みをあげる。

「私自身がそう仕向けた。受け入れて、促した」

へし折れる。

折れたスプーンを持ったまま、ニヒサは話を続ける。声ににじむ怒りが濃さを増していくのがわかった。

「マネージャーは被害者役をやらせるのを謝らなくなって、『ウチのニヒサは何でも言うこと聞きますから』なんて言ってたのも聞いたけど……実際そっちの方が得だもの。自己主張なんて生産的じゃないもの。

そうやってどんどん、私は飼い犬の身分に適応して、この世界が、ご主人様が大好きって愛想を振りまいて……私みたいになれずに、あの子は死んだの」

ニヒサがスプーンを手放す。あまりに軽い音を立ててテーブルに転がる。ニヒサを、『世界の愛し方を教えて』の主人公を見習えと強要されて、その異世界人の少年は自ら命を絶ったという。

「あの人たち、それを知ってても私が何も声を上げないと思ってたみたい。ああ、こんなにナメられてるんだ、私がやってきたことの結果なんだって思ったらね、何でこれを許してたんだろうって」

ニヒサは不毛と決め込んでいた怒りを取り戻して今に至っている。世界に、俺の父親に復讐《ふくしゅう》しようとしている。

「私はもう何もいらない。その代わり、飼われる気はない」

底冷えするような声音に首筋の産毛《うぶげ》が逆立《さかだ》つのを感じる。本当にこの世界が、人生がどうでもいい。だから何だってできる。

かつてアテナにそうなって欲しいと望んだみたいに、本当の、負の感情に満ちたニヒサを知らしめたい、彼女らしい彼女として生きていけるようにしたいと思った。しかし彼女はそれも拒んだ。

『認められる気なんかない。反吐が出る。みんなに嫌われたい。この世界に嫌がらせがしたいだけよ』

ただ、攻撃したい。そう言った。

認められること、また愛されることは、ニヒサの中ではきっと飼い犬に戻ることなのだ。今、それがわかった。

そんなニヒサだから映画を撮ろうなんて言ったんだ。彼女の怒りを形にしたい。彼女をナメてた連中を、親父をぶん殴りたい。それは間違ってないと改めて思う。

でも——変なバツの悪さを感じた俺は、昨日と同じく登校時間に気づいて、もうぐずぐずのシリアルを牛乳ごと一気に流し込むと逃げるように席を立つ。

「悪い、学校行くわ」

映画の話はまた帰ってからしよう、昨日までと同じく外には出ないように、窓から見える場所には立たないように——ニヒサにそう伝えようとすると、向こうも何か言いたげな風に俺の顔を覗き込んでいた。

「ねぇ」

「な、何?」

光のない瞳で彼女は言う。

「映画を発表する時は、あなたの名前も出すわよね」

「えっ、ああ、うん、そりゃ」

特に考えてはいなかったが、何を当たり前のことをと思った。ニヒサは軽く頷いて、釘を刺すみたいに尖った声音で続けた。

「この映画は世間に注目させなきゃいけない。興味を引く要素はいくらあっても足りない。有沢ニヒサが演じてるってだけじゃない。あなたが、マキヤマソウイチの息子が撮ったってストーリーもね。

はっきり言えば、あなたが撮る意味の大部分はそこよ」

お前自身には価値がない。薪山壮一の息子という話題性だけに価値がある。自分もそこに期待している。ニヒサはそう断言した。

いやまあそりゃそうだろう。技量や経験では完全に素人レベルなのは明らかなわけで、監督が俺であることの積極的な価値なんてそこしかないと自分でも思う。

面と向かって言われると少し傷つくが、その上で改めて思う。何でわざわざ、それを今確認したんだと。

「マキヤマソウイチの息子、ハイムラスバルが撮った映画、そう打ち出したら、公開したら、どうなるかしらね？　父親との関係、それに学校生活」

「……」

俺が全く考えていなかった可能性を、ニヒサは口にした。何が言いたかったのか、察しの悪い俺にもようやくわかった。飼い馴らされるなんて話をしたのも、このための布石なのかも知れない。飼い馴らされている俺に、覚悟はあるのかと。

深淵のような瞳を覗き込む。平坦な声音、凄むようなところはどこにもないのに、寒気がした。こちらへ来られるか、穴の底から声が俺に問う。

「私はどうでもいいわ。この世界も、人生も。

あなたはどう？　昨日言ったわよね。アテナとの映画を公開したらイジメにあって、保身のために自分からこき下ろしたって。同じことになるかも知れないわよ。それでも、私との映画を撮れる？　あなたは世界を捨てられる？」

・・・

別に災害やらテロやらあったわけでもないので当たり前だが、学校の様子は概ねいつも通りだった。普通の都立高校の、普通の朝の風景。

制服姿の生徒たちが自転車や徒歩でぞろぞろとやってきて校門へ吸い込まれていく。俺も自転車を駐輪場に停めたあたりまではああ普段通りだな、学校は平和だな、なんて呑気なことを思いもした。

しかし玄関を通り、内履きに履き替え、教室へと向かう中でそれが勘違いだったことを思い知る。大声で、あるいはヒソヒソと、ある話題についての会話が何度も聞こえてきたから。

その話題とは当然――

「灰村はニヒサどこいると思う？」

「……俺の家？」

席に着くなり飛んできた質問に俺は半笑いで答えた。

予想はしていたつもりだったが不意打ちで聞かれて思考がフリーズし、ヤバい何か返さなきゃ……となって思いついたのが「敢えて本当のことを言う」だった。間違いなく冗談と取られるだろう、と。結果、笑う奴とちょっとキモいと引く奴に分かれて、俺は安堵しながら席に着く。

周りの奴らはその後もニヒサトークに夢中。

「生きてんならどっかにはいるよな。ネカフェとか？」「ニヒサって十七でしょ。泊まれないんじゃないっけ」「えーっ、じゃあホームレス？」「ていうか別なとこで死んだ可能性も全然あるよね」「うわあ……、そういや動機って何なん？」

聞きたくもない言葉が意識へ侵入してくる。俺はすぐにイヤホンをして、また何か振られることのないようホームルームまでスマホゲーに熱中するフリで過ごした。その後も、休み時間のたびに次の授業の話題にまじって教室のどこかからはニヒサの名前が聞こえてくる。

有沢ニヒサの失踪と自殺未遂は昨日発表されるや否や教室が大騒ぎになっていて、日が変わって飽きるどころかより加熱したように見えた。今は日本中どこもこんな感じかもしれないが、中でもこの学校は一入《ひとしお》じゃないだろうか。

理由としては多分、この学校には退院後のごく短期間だが有沢ニヒサと同中だった生徒がそこそこいること、自殺未遂の現場からほど近いこと、ドライブレコーダーに一瞬映り込んだ、ニヒサの自殺を阻止した夏服の男子——俺である、幸い顔は映らない角度だった——が生徒の可能性も高いことがあるのだろう。俺の父親が薪山壮一だと知られていなくて本当によかった。

少ない情報をもとに憶測が飛び交《とか》う教室はひどく居心地が悪かった。聞いてるだけで落ち着かないし、さっきみたく話を振られたらボロを出さない自信がない。

「自分の体なら好きに死ねばいいけどさぁー、他人の体でって、殺人じゃん。引くわ」

「それ！　がっかり。推してた時間返せって話」

三時間目の休み時間、これまたネットで何度も目にした類の非難を聞かされる。たしかに、ニヒサの体はいずれアテナが戻ってくる体で、ニヒサが死ねば帰還の可能性は永遠に絶たれる。この世界から永遠に消えるという意味では、ネイティブ社会にとっては死と変わらない。

今朝のニュースでは涙ながらにニヒサに帰ってきてほしい、娘の体を危険に晒《さら》さないでほしいと訴えるアテナの母親の姿が全国に流れていた。その娘《アテナ》をいいようにしてたくせに、なんて性格の悪いことを思ったのは俺くらいで、多くの視聴者は純粋に胸を打たれたにちがいない。

世界の全てを肯定してきたニヒサが、よりによって自分の体の本来の持ち主を殺そうとした。これまで彼女が培ってきたイメージを一発で崩壊させたことだろう。だから非難もされる。

ネットで見ている分には別によかった。だけど同じ教室で聞こえると苛立《いらだ》つ自分がいた。お前ら、アテナのことなんかどうでもいいくせに。

全部ぶち撒《ま》けてやろうかって気にも少しだけなる。もちろん、今の時点でそんなことをしたら映画も何も台無しになってしまうが、しかし時間の問題なのだ。

なにせ俺たちは『世界の憎み方を教えて』が完成次第公開する気でいるんだから。主演有沢ニヒサ、監督灰村昴と銘打って。

そうなったら、どうなるんだろう?

ニヒサが指摘した可能性を、俺なりにリアルに想像してみる。

『世界の憎み方を教えて』に俺の世界はどう反応するのか。

ニヒサがこれまでの芸能生活へのヘイトをぶち撒ける映画だ。事務所をはじめとした関係者を大いに貶《おとし》める。その中には『世界の愛し方を教えて』の監督である親父も含まれる。

親父の怒りを買うのは間違いないだろう。学校の、こいつらの反応は? 今アンチに傾きつつある連中が世間だって映画を見て彼女の味方に、なんて都合のいいことはそうそう起きないと思う。

別に、好きな奴らってわけじゃない。休み時間に話すくらいはするけど、そいつらも今日は下世話なニヒサトークに夢中。でも、そんな連中とも俺は喋ってるとそこそこ楽しく感じてしまうし、そいつらみんなに嫌われた時の学校生活を想像するとやはり身震いする。

大げさかもしれない。考え過ぎで、そこまでひどいことにはならないかもしれない。でも中学の時だって、あんな仕打ちを受けるとは思いもしなかった。

こういう風に保身を考えてしまうことが、ニヒサの言う飼い犬の習性なんだろうか。本当に世界を敵に回せるのは、ニヒサみたく全部かなぐり捨てた人間だけなんだろうか。

ニヒサが虚無的な瞳で投げた言葉が頭の中でリフレインする。

『あなたは世界を捨てられる？』

覚悟はできてる、とはちょっと言えなかった。

「誰が書いたんすか？　これ」

昼休み、一階の購買前。普段はパンや飲み物を買いに来た生徒でごった返しているのだが、今は少しちがった様相を呈していた。利用客だろう生徒が大勢いるのは同じだが、少し離れたところで彼らを睨みつける坊主頭の男子の姿があった。

映研の一年生・原靖幸である。

原の指差す先には一枚のポスターが貼られていた。

有沢ニヒサがイメージキャラクターを務める薬物乱用防止ポスター。若い世代向けのキャンペーンに同世代のスターが起用されるのはまあ当然で、以前は目に入るたび舌打ちしていたのだが——。

手でばつ印を作ったニヒサの横に、ドラッグ撲滅を訴えるコピー。そのニヒサの口元から、マジックで書き込んだのだろう漫画のフキダシみたいなものが伸びて、そこにはこんなセリフがあった。

『ただし人殺しはＯＫｗｗｗ』——ここもか。

内容から見て昨日の発表以後に書かれたのは間違いない。財布を持ってるのを見ると原は昼飯を買いに来て気づいたようだ。犯人がここにいたとしても名乗り出るとは思えないが、原にはそんなの関係ない、犯人を見つけて問い詰めるという意思が感じられた。

「原」

名前を呼ぶと、原はぎょっとした風な反応を見せ、やや気まずそうにポスターと俺を交互に見る。何だこいつ。

「目立ってんじゃん。そこにいると邪魔だろ」

落ち着かせて脇に退《ど》けようとしたが、いやでもこれほっとけないじゃないですかと聞かず、そんなところに「灰村くん」と名前を呼ばれる。

声をかけて来たのは、昨日の生徒会役員だった。

「何、どうしたの？　……あ、あ〜」

彼もポスターへの落書きを見て事態を察したのか苦い顔をする。「ひっどいなあ」とは言うが、原のような怒りは感じられない。

「しっかし運ないよね。昨日灰村くんにお願いした直後にアレだもん。マジかよってなっちゃった」

「ああ、そうですね……」

ニヒサを文化祭に呼ぼうって件だろう。こう素直に残念がられると可能性がゼロと思いながら受けるポーズだけしたことがちょっと申し訳なくなった。

「いいアイディアだと思ったんだけどね。文化祭に有沢ニヒサ」

「……いや、まだ呼べるじゃないですか」

原がきょとんとした感じで口を挟んだ。

「ニヒサが戻ってきたら、また来てくださいって言えばいいじゃないですか」

澄み切った瞳で原は訴える。何も問題はないだろう、と心から思っているみたいだ。しかし。

ぷっと軽く噴き出したのは、その話を持ち込んできた役員自身だった。

「いやいやいや、ないって」

彼は半笑いで前日の自分の案を却下する。

「あんなことしちゃったニヒサとか誰に需要あんの？　出てきても無期限休業からの引退でしょ。オワコンだよオワコン」

「すいませんした……灰村先輩」

一ノ瀬先輩が模試《もし》で不在の部室に原と二人。椅子《いす》に腰掛け焼きそばパンのラップを破いていると、原が頭を下げてきた。

基本クソ生意気な後輩である。ニヒサを抜きにしても映画やフィクション全般について意見が合致する方が少なく、よく言い争いになる。

そんなこいつが俺に謝るのは入部以来初めてな気がするが、俺の方がはるかに後ろめたい隠し事を抱えているため逆にバツが悪かった。

ニヒサをオワコン呼ばわりした役員に摑みかかり言葉にならない罵声を浴びせたこいつをどうにかこうにか引《ひ》き剝《は》がし、その場で謝り倒した。幸い教師を呼ばれるなんてことにはならなかったが、もはや点数稼ぎもクソもない。その上、俺も俺で露見すればいっそう部の評判を落としかねないことに手を染めているわけで、いよいよ今年で終わりかも知れない。

せめて俺は先んじて退部しておくべきかもな……なんてことを考えながら焼きそばパンをコーヒー牛乳で流し込んでいると、原はさっき購買前でしてたみたいに、ニヒサの番宣ポスターと俺を交互にチラ見する。

「別に有沢ニヒサのことでざまあとか思ってねえぞ」

俺ってそこまで性格悪いイメージなのかなと不安になるが、他に思い当たるところがない。しかし、原は予想外の言葉を吐いた。

「灰村先輩は……えっと、友だちなんですっけ？　ニヒサの前の……アテナさんと」

「……一ノ瀬先輩から聞いた？」原がうなずく。あのチビ、と心の中で毒づいた。

「や、放課後部室来て、ニヒサのこと喋って、灰村先輩来ないっすねって話してたら教えてもらって、あんま言わないであげてねって」

原のフォローにならまあと納得するが、色々ともう手遅れな状況ではあった。

何となく弱みを晒す感じがして原には秘密にしていたがもう隠してもしかたないし、それくらいは晒すのがフェアな気がしてきていた。

「『人殺し』って、思ってますか？」

ぷひゅっ、と間の抜けた音が漏れる。

持っていたコーヒー牛乳のパックを、俺は思わず握り潰していた。

「あ、や……すいません、今のなしで──」

「……どうだろうな」

原が却下するのを遮る形で自ら答える。

最初は、「そうだよ、絶対許せねえ」とか言っといた方がいいだろうかとも思ったが、実際に口から出たのは曖昧な言葉だった。

罵倒する気には…ならない。背景を知ってしまっているから。アテナは責めないだろうと思うから。少なくとも、あの落書きみたいなノリには絶対加担したくない。

でも、死んでいいよとも言えないのも事実だ。その点で、ニヒサから見たら俺もそこまで変わらないのかもしれない。

ニヒサが綺麗だから、撮りたいから――ニヒサを連れ帰った、映画を提案した動機。その思いは嘘じゃないけど、それだけでもないはずだ。

昨日、ニヒサを人気者にしたいという俺の望みを、彼女は強く跳ね除けた。

アテナの命を握っている自分を、灰村昴は協力者のツラをしながら世界に繋ぎ止めようとしている。飼い馴らそうとしている。そんな風に見えたんじゃないか？　実際そんなところはあるんじゃないか？　だからニヒサは今朝もああやって釘を刺したんじゃないか？

ニヒサを飼い馴らそうとする俺に、今も自分の保身を考えている俺に、ニヒサを撮る資格なんてあるのか？

「は、灰村先輩？」

原が心配そうに呼びかけ、顔を覗き込んでくる。原の質問に俺は黙り込んだままだったが、どうやらよっぽど深刻な様子に見えたらしい。

「すいません。無神経なこと聞いて」

俺がアテナを失う不安で沈んでるんだと思っているようだった。ちょっとちがうのだが、訂正するわけにもいかなかった。俺の内心を勘違いしたまま、原は胸を張って言う。

「いいですよ、先輩は人殺しっつっても、大目に見ます」

「あ、そう」

上から目線の許しはイラッと来たが、気の抜ける思いがして俺は笑ってしまう。笑ってから尋ねた。

「お前こそどう思ってんの？　ニヒサのあれ」

こいつだって他の連中と立場は一緒のはずだ。崇拝と言ってもいいくらい愛していたニヒサが突然に、これまでのニヒサ像を投げ捨てる暴挙に走った。ニヒサの世界への呪詛までは聞いていない代わりに、俺みたくニヒサの背景事情も知らない。

ニヒサの語った論理なら、こいつだって裏切られたと嘆いてニヒサを愛するのをやめるんじゃないのか。

原は眉間《みけん》に皺《しわ》を寄せ、少しばかり唸《うな》ってから答えた。

「俺はどう思うとか、まだないです。知らないんで」

「知らない？」

「俺もまあ、ショックだったけど……………何でショックかっつったら多分、ニヒサがそういうことするって知らなかったからだと思うんすよ。病んでるとか死にたがってるとか想像しないし」

原はゆっくりと、自分の内面を慎重に丁寧に言葉にした。

「ニヒサが戻ってきて、何で死にたかったのかとか言ってくれなきゃ、どう思うのかとかわかんないです。……だから知りたい。聞きたいです。

とりあえず、今はまだ嫌いになってないです。戻ってから次第だけど、文化祭にだって来て欲しいって思ってます」

その言葉に、俺は素直に思った。

「……お前、いいファンだな」

「当たり前じゃないですか」

ニヒサからしたら、芸能活動もファンも好きでも何でもなかったのかも知れない。

それでもファンの中に原みたいなのがいることが、いや、俺を取り巻く世界の一員がこういう人間であることがうれしかった。

部室を見渡す。古い撮影機材。何世代も前の編集用のパソコン。棚には映画のＤＶＤにパンフレット。壁には色あせたポスターがベタベタと貼られ、一番目立つ位置に笑顔のニヒサが陣取っている。

俺も一年ちょっと所属してただけだけど、ロクに活動もせず放課後を浪費してただけだけど、俺の世界で唯一の、アンチ有沢ニヒサを隠さなくていい場所、いたいと思える場所だった。

ハムカツサンドを齧《かじ》りながら原に言う。

「実は俺、映画撮ろうと思っててさ」

「えっ、先輩撮れたんすか？　文化祭に出すとか？」

「いや、部の活動じゃなくてプライベートっつうか。まあそんな感じ」

「へぇ～～!!　なんか全然やる気ない人なんだと思ってました。すいません」

入部からこれまで事実その通りだったので何も言えない。

「じゃあ、今年は部でも映画撮る感じなんすよね？」

「あー、や、うん、まあ……で、その映画は完成したらネットに上げるつもりなんだけど、でも、その前に、お前と一ノ瀬先輩に見てほしい」

「……はいっ、いいっすよ！」

何で俺なんだろう、みたいなことは考えないようだ。素直な様子で快諾する。「日頃ケチばっかつけてたんだから覚悟してくださいよ」なんて軽口も添えて。

昼休みが終われば当然教室へ戻らねばならない。あまりいたくない場所だった。

絶対この昼休みだってニヒサをネタに盛り上がっていたことだろうから。聞けばうんざりするような言葉が飛び交っていただろうから。

それでも、心なしかそこへ向かう足取りは軽かった。別にムカつく奴がいてもいいと思った。そういう奴らがいるとしても、俺は世界が丸ごと嫌いじゃないんだと思えて。


帰宅すると、ニヒサはやはり映画を見ていた。今日も薪山映画。デビューから四作目、カルト宗教を題材にした作品を、俺はダイニングの椅子に腰掛けて一緒に鑑賞する。教団の内部分裂の果てのテロに集団自殺、小さな世界が崩壊していく——久々に見たが気の滅入る内容で、それをニヒサは微動だにせず見入っていた。

「有沢ニヒサ」

映画が終わり、わざと明るい曲にしてるのだろう悪趣味なエンドロールが流れる中、俺はニヒサの真横に立って呼びかけた。

「朝にあんたが聞いた『世界を捨てられるか』って話だけどさ、捨てらんない。俺には」

たとえ全体で見れば極小でも、捨てるには思い入れがありすぎるし、それに、もしも捨ててなきゃいけないとも思えなかった。

「……そう」

「でも、撮るのやめるとか、俺の名前出さないでくれとか、内容を変えようとか、そんなこと言わない。

撮るよ、『世界の憎み方を教えて』」

吹けば飛びそうな決意が少しでも厳然としたものに聞こえるように、自分でもそう思えるように強い口調で宣言した。

「あんたが世界を嫌いって気持ちを描いて、公開する。どんな反応されるかわかんないし、ぶっ叩かれて終わるかもだけど、刺さるとか受けるとか、夢見るくらいいいだろ」

ニヒサみたく全部捨てて、心中みたいなヤケクソなモチベーションはきっと俺には抱けない。もし何もかもどうでもよくなったら、俺は映画なんか撮らずに死ぬと思う。

俺はまだ世界に向き合いたい。ニヒサと同じく親父のことはぶん殴りたいけど、映画を見て、改めてニヒサを、愛してくれるは都合が良すぎかもしれないが、見つめ直してくれる、そんな人間がなるべくたくさんいて欲しい。

だからこそ、俺はこの映画を撮りたい。

熱を込めて語ったつもりだった。とはいえ、これをニヒサの方はどう受け取るだろう。失望されるかも知れない。それじゃあ映画の話はこれで終わり、はいさようなら、なんてことになるかも。

ニヒサは、悲しそうな、どこか慈しむような、そして苦しそうな、そんな複雑な表情を見せたかと思うと、きゅっと唇を結んで、それからひどく柔らかな声で言った。

「それでいいと思う。あなたは、それでいい」

「おう」あなたは、って言い方の含みにまるで気づいてないかのように俺は頷《うなず》いた。

「でも、期待は後悔になる。きっと」

「いいよ。後悔してでもやる」

翌日、俺たちはニヒサの動画チャンネルへ一本の動画をアップした。

踏切前に佇むニヒサが「もうこの世界を好きなふりをしたくない。嘘を吐きたくない」と零し、その後『世界の憎み方を教えて、近日公開』と表示される、十数秒の告知動画。

動画は凄《すさ》まじい勢いで拡散され、世間の興味と、ニヒサへのヘイトを煽った。低評価の伸び率の世界記録だそうだ。これでポシャったら目も当てられない。受けようが叩かれようが、必ず完成させて公開する。

その週の終わり、俺は脚本を書き上げ、スケジュールを組むと本格的に撮影を開始した。

・・・

「ニヒサさん、この世界は好き?」

薪山壮一は人好きのする笑顔でニヒサに尋ねる。

あるオムニバス映画の撮影現場でのことだった。監督の一人である薪山が、出演者の一人であるニヒサに、休憩中、周りに人のいないタイミングで聞いたのだ。

「好きですよ、大好き」

唐突で、ややおどろきながらもニヒサは叩き込まれた笑顔で返す。明るく前向きで誰も傷つけない、何も嫌わない女の子として。

「そう？　いや、ごめん。君は好きじゃないんじゃないかな、と思って」

虚を衝《つ》かれた思いがした。だから次に出てきたのは柄にもなく素の反応だった。

「どうしてそう思われたんですか？」

「う〜ん、僕が異世界に飛ばされたら好きになれないだろうから、かな」

考えて答えているような口ぶりでありつつ、出した答えには何の迷いも感じられない。

「言葉も文化も生活様式もちがう世界で年齢や性別もちがう体で生きるんだ。ロクに仕事に就けない人、家族や友だちからひどい扱いを受ける人がたくさんいるよね。君はマシな方かも知れないけど、我慢は多いんじゃないかな」

「そんなことないですよ。たしかに戸惑うことも多いけど、皆さんすっごく優しくて」

「僕はそうは思わないな。便利に扱ってるだけでしょ。それに、休憩中もオフでも愚痴《ぐち》一つ零さないって聞くよ？　普通そんなことはない。言えないんじゃない？　イメージを守るために」

「…………」

「もしそうなら、どれだけ売れてもこの世界で生きられて幸せ、とは思えないんじゃないかって」

最後にまた、思いちがいなら忘れて、と付け足すがきっと彼は確信していたことだろう。

久しくかけられていない言葉だった。不満があるんじゃないか、なんて。

後から思えば薪山は大したことをしたわけじゃない。具体的にニヒサの何かを解決したわけでもなく、理解があるとアピールしただけなのだから。

だけど、たったそれだけのことすらも、ニヒサの周りにはしてくれる人がいなかった。

有沢ニヒサに世界を嫌う権利を認めている人間なんて。

訝《いぶか》しむ、怪しむ気持ちはあった。事務所が自分の従順さを試すべくこの男とグルになっているんじゃないか。あるいは、懐柔して自分の弱みになるようなことを吐き出させようとしているんじゃないか──芸能界は、それが考え過ぎではない世界だと思っている。

しかし結局、十数秒迷った末に頷いてしまったのは、薪山壮一は「世界が嫌い」に寄り添ってくれる人間と期待したからだ。

薪山の映画が好きだったから。

ニヒサが頷くと薪山は柔和な笑みで感謝し、今温めているドラマの企画を明かした。その主役に、ニヒサを考えているという。

「世界を愛せない人たちを、また描きたいんだ。よければ事務所に正式にオファーしたい。どうかな？」

「どうかな？」

「全然ダメ」

ニヒサは冷たい瞳でNGを出した。映像を見返すまでもない、ということだろう。

場所は親父の書斎。邪魔な家具類を片して作った撮影用のスペースにスツールを二つ並べ、向かい合って腰掛けた俺たちをカメラや照明、マイクが取り囲んでいる。すでに見慣れた光景だった。

撮影に入ってから二週間近くが過ぎていた。毎日、学校が終わると即帰宅して、休日は一日いっぱい撮影。空き時間は稽古《けいこ》や脚本、絵コンテの見直し……そんな日々が続く。

今撮っているのは全体の尺の中盤。押しも押されもしないスターの地位を固めていたニヒサが、薪山壮一《親父》からドラマ――言わずもがな『世界の愛し方を教えて』だ――への出演オファーを受けるシーン。

そんな物語上でも重要な場面で、NGを連発している。

何がNGかと言えば俺の演技が、だ。

俺の演じる薪山壮一《親父》が、だ。

この撮影は完全な見切り発車で始まった。

予算は俺のお年玉貯金とニヒサの口座から下ろしてきた——足がつかないようわざわざ遠方のATMを利用した——金、カメラやマイクといった機材は親父から譲り受けそのままホコリを被《かぶ》っていた旧型機を引っ張り出してきて使っている。

めちゃくちゃ金のかかる映画ってわけじゃないし、型落ちとはいえプロ用の機材が使えるんだから素人映画にしてはむしろかなり充実している方だろう。

しかし、金や道具では解決し難《にく》い問題が山積みだった。

うち一つが人手不足。世間から隠れている以上、誰かに頼むこともできない。カメラマンに照明に音響にメイク、編集その他……本来映画撮影は膨大なスタッフに支えられるところを二人。廃部寸前の我が映研すら三人いるところを二人。そして役者も二人。俺が役者を務めた結果、こうして大いに足を引っ張っていた。

アテナの映画でのとんでもない棒演技は転げ回りたくなるし、以降の役者経験は映研の映画に出たくらい。演劇部みたいにちゃんと練習を重ねてきたわけでは全くない。そんな身で共演。荷が重すぎる。

それでも背に腹は代えられない。

髪型を変え、老《ふ》けて見えるような、顔の似ている箇所を強調するようなメイクをして親父に扮《ふん》する。まあ実物と瓜二《うりふた》つとはいかないが外見的には及第点だろう。

しかし演技はやはり苦しい。別にニヒサレベルの演技はできなくていいが、あまりに下手だとやはり没入感は削《そ》がれる。今の俺は多分そのレベルなんだろう。

「問題は多分、技術じゃないわ」

ニヒサがそう指摘する。

素人である俺がまともに演じるために採った方法が、まずニヒサが親父を演じそれを何度も真似《まね》して体に覚えさせる、というものだった。

ニヒサのモノマネは声や外見といった如何《いかん》ともし難い差異を除けば本人そのままだった。たしかに親父はニヒサの前でこう喋ったんだろうと嫌でも思わされる。それを何度も見て聞いてなぞれば、俺でも形にはなるだろうと。実際その効果は出ているように思われた。

「あなたもだいぶ上達したわ。他の人物を演じる分にはそう悪くない。なのに、マキヤマソウイチの時だけ明らかに集中を欠いている」

「……悪い」全くその通りだと思う。自分で撮った映像を見返してもわかる。別に迫真の演技をしろと言われているわけじゃない。何も考えずニヒサをなぞるだけだ。反復練習の成果を無心に出せばできないことはない。問題は無心になれていないこと。

「嫌なの？　あの人を演じるのが」

「いや…………そんなんじゃ」

その時の俺は何かしら、それっぽい技術的な問題を、ごまかしを頭からひねり出そうとしていた。だけどニヒサの瞳に射貫《いぬ》かれて、観念せざるを得なくなる。ニヒサをごまかせるとは思えないし、そんなことを考えているのがあまりにも情けなくて。

「嫌、なんだと思う………ごめん」

「そう」

「わ、わかるよ！　必要だって！　ちゃんと、ちゃんとやる……だから、もっと練習させてくれ」

「多分、演じることへの抵抗がある限りダメよ」

ニヒサはぴしゃりと切り捨てる。

「これはただの再現映像よ。あなたはなぞるだけ。マキヤマソウイチそのものになるわけじゃない。なのに嫌なの？」

ニヒサの言うことは至極もっともだと思う。悪人を演じたからって役者の性格が悪くなるわけじゃない。もっともなのに、いざ演《や》ろうとした時に生理的嫌悪感が先立ってしまう。頭のどこかがざわついて、セリフや仕草に集中できなくなる。自分の口から親父と同じセリフを吐きたくないのだ、多分。

馬鹿馬鹿しい。心にもない言葉なんか現実でいくらでも口にしてきたじゃないか。何を芝居の中で潔癖ぶってるんだ俺は。

ニヒサは腕を組み、少し考える風に黙り込んでから聞いた。

「何かあったの？　父親と」

「……何もないよ。本当に何も」

母親を殺されただの虐待されただの、その手の劇的なエピソードは何もない。物心ついた時には母親は死んでいて、俺と親父には距離があった。

売れっ子で多忙だったのもあるだろうが、家にいてもいわゆる親子らしいコミュニケーションは希薄だった覚えがある。たまにわざとらしくキャッチボールをしてみたり、映画に興味が出てきた頃にはロケに連れて行ってもらったり、そういうのはあったけれど、ある時からなくなった。多分どこかで感じたのだ。

この人は、息子《俺》がそんなに好きじゃない――だからなのか、俺も親父への執着を持たなかったし、面倒を見てくれたシッターや家事代行の人とかの方がよっぽど甘えられる大人だった。

俺が知っているのは、執着しているのは、父親じゃない、映画監督・薪山壮一だ。

本棚の最上段に並んだ、貧困や差別問題に関する本の背を見上げてニヒサが聞く。

「あなたは好き？　父親の映画」

「好きではないかな。見てても楽しくないし」

「それは認めるわ。展開も二作目からはワンパターンよね」

「ああ。でも今よりはずっとマシだ」

デビュー以来、生きづらさを抱えた人々の人生を淡々と描いていた彼はある時を境に、そういった人々の恋が叶ったり才能を見出されたりして、周りの人とも上手くやれるようになる——当人の言葉を借りるなら世界を愛せるようになる——作風へ転向、一躍売れっ子に。

『世界の愛し方を教えて』は転向後の薪山映画の集大成みたいな作品だった。主人公は物語上で成長し、身体違和を克服する。たしかにドラマ的には盛り上がる。感動的な気もする。

でも思う。どうなんだろうかと。ニヒサみたく上手くやるのを飼い馴らされたとか言う気はないけど、上手くやれなかった人が上手いこと成功を掴みました、みにくいアヒルの子は白鳥の雛でしたというのは、初期の作風を知っているとそれでいいのかと言いたくなる。

「昔の親父ならあの主人公は自分の顔が嫌いなままだったんじゃねえかな。不幸かもしれないけど、エンタメになんないかもだけど」

「私もそう期待した」

だけど裏切られた、ニヒサの言葉にはそんな含みが感じられた。現実の、今の薪山壮一はドラマのように成長できない少年の死を招いて、それでもなお、まるで自分の作品みたいに世界を愛してほしいなんて寝言をほざき続けている。

「父親が嫌いだから演じたくないの？」

「嫌い……」

はっきりちがうとも言えないが、かといってしっくりとも来ない。そんな感じだった。

「自分もそうなるかもしれないから？」

続いて放った言葉が、まさに核心を突いたような気がした。俺は多分あからさまに図星という顔をしていたんだと思う。ニヒサも、それで納得した顔をしている。自分でも認めざるを得なかった。

「何でそう思った？」

「自分がアテナにしたことと、重ねているんじゃないかって。世界にすっかり飼い馴らされて、私を飼う側に回った父親と。

あなた、真面目だものね」

「ガキなだけだよ」

これは世界と戦うための映画なのだ。親父みたいにならないための映画で、そのためにこの演技は必要なのだ。それをこうやって自分で滞らせているんだから。

それに比べて――

「凄いよな、役者って」

俺は当たり前のことを言った。

「凄いって何が」

「だって嫌いだった自分を、あんなにリアルに演じてる」

この映画の特に前半は、世間がイメージする有沢ニヒサとしての演技が多い。俺はその芝居をカメラマンや共演者として見てきたが、あの踏切以前の彼女の姿そのままだった。

当時の自分を飼い犬だと卑下していながらその様をイキイキと演じている。

ニヒサのプロ根性は単に演技にとどまらない。当時の自分を観客に思い出させるための撮り方、演出も俺よりずっとわかっていて積極的に提案してくれる。たとえばこの場面の構図だって過去の自分の出演作を半ばパロディ的に意識したものだ。自分がそれで〝映える〟のだとわかっている。自分がどう見られるか、ずっと計算してきたからこそだろう。

「ちょっとは嫌だとか、嫌なことを思い出すとか……いや、ごめん」

また情けないことを言っていると思った。自分の覚悟のなさを正当化している、と。全く嫌な気持ちがないってことはないだろう。それでも彼女はこれが必要だからこそ、自分の怒りを伝えるためにこそ、演じているんだ。

しかし、実際の答えはそれとも少々ズレていた。

「全然」あっけらかん、と言った調子で。

「全然、なの？」

「むしろ楽しくてしかたないわ」

ニヒサは目を爛々と輝かせ、言葉通り楽しげに笑っていた。この家に来てから芝居以外で初めて見せる曇りのない笑顔だった。

楽しい……？

言っちゃ悪いが、ニヒサには似合わない言葉に聞こえた。いや以前ならともかく俺の家に来てからのニヒサは、そういったプラスの感情を丸ごと切り捨てているようにさえ思える。笑う時だって、今この時まではそこに陰《かげ》がなかった記憶がない。

「楽しい、んだ」

「ええ」

正直言えば、俺はこの場面の撮影はそう楽しくない。必要だからと言い聞かせ、どこか義務的にやっているところがある。それがニヒサ曰《いわ》く楽しいと。

「だって、安心させたいもの。自殺未遂で私へのヘイトを溜めてたところに、昔の、みんな大好きだった頃の有沢ニヒサを見せて『あの頃のニヒサだ。変わってない』って思わせたい。

……そうやって油断させて、そこから気分最悪にしてやるの」

いたずらを企《たくら》む子供みたいな笑みでニヒサは語る。なるほどね、という納得と嫌なこと考えるな、という呆れが半々だった。

そして、その言葉を受けて思い出す。踏切前で目撃した、今にも命を絶とうというニヒサもやはり笑っていた、と。

「あの日、死のうとしてた時も……？」

俺の言葉に、ニヒサは少しだけはっとした風に目を見開く。

「……かもしれないわね。今思うと。盛大に嫌がらせして死んでやるって気持ちで、ずいぶん晴れ晴れしてた。ああ、楽しかったのね、私」

「へ、へえ……」

るんるんと擬音がつきそうな顔でそんなことを宣《のたま》うニヒサは、やはりあまりいい性格ではないんだろう。でも、こんな表情で陰湿な嫌がらせを目論《もくろ》むニヒサが、俺は何だかかわいいと思った。その姿を間近で見ていられるのは特権だな、とも。

「それにね、他にも理由はあるのよ」

ニヒサは笑みを浮かべたまま続ける。

「あなたが監督だから」

「俺……？」

「あなたは、今ここにいる私を綺麗って言ってくれる。私は少しも思わないけど、でもあなたは、とにかくこの私を見てくれる。作り物の自分をこれが本当ですって顔して演じてた頃より、ずっとずっと安心して演じられる。

だから、ちっとも嫌じゃない。あなたのおかげよ、ハイムラスバル」

「…………いや……うん……どうも」

顔に熱が集まるのを感じた。何と返せばいいのかわからず、俺は思わず視線を逸らす。しかし、ニヒサは逃さないとばかりに椅子から立ち上がりそちらへ回り込んでくる。

気づけば壁際に追い込まれ、逃げ場を失っていた。ニヒサは背後のグリーンシートにダンっと手をつくと、さっきの柔らかな笑みから一転、射殺さんばかりに俺を睨み、押し潰すような圧を放って言う。

「だからあなたも映画に尽くしなさい。私は知ってるから。あなたがマキヤマソウイチじゃないって、ああはならないって」

「何で」

迷惑をかけている身でありながら、俺は少しムッとして尋ねた。責められるよりも不本意なフォローこそ腹が立つ。それでも他の他人にならら見せないだろう自分を、ニヒサには見せていた。

「言ったでしょう。彼女はそう接するべき相手だと思っていた。あなたはすごく真面目だって。マキヤマソウイチはあなたみたいに自分の弱みを晒さない。自分が痛い思いなんてしない。あなたはそれをしてくれる人だから。私は信じられる。それでいい？」

「……はい」

また顔が熱くなって、全身がふわふわ宙に浮いたみたいな心地だった。

本当にそうかはわからない。少なくとも映画においては、親父は三十歳くらいまでは当初の志を貫いていた。十七の俺に何の保証ができるだろう。

でも、少しだけ安心できたと思う。俺はニヒサと出会えたから。ニヒサとの撮影中くらいはニヒサが言うような自分でいたいから。

……とはいえ急に演技が改善されるわけでもなく、この場面がニヒサの満足する出来になるまで何度もリテイクを繰り返すことになったのだが。

「その後も、まあ演技はダメ出しされてばっかっすね。死ぬほどやることあんのは変わんないし、あとニヒサが見られたらアウトなんで野外ロケとかほぼできないし」

「じゃあここととかどうやって撮ったの？」

俺の語る撮影上の苦労に、一ノ瀬先輩は不思議そうに言う。

映研の部室に俺と先輩の二人。彼女はパソコン画面を指さしている。そこにはクラウドにシーン別で保存された映像のサムネイルが並び、指されたのはニヒサがオフィス街で話している場面のものだった。

「だいたいは合成ですね。現地の映像を俺が撮ってきて、そこにグリーンシートを歩いてるニヒサを乗せる感じで。後はなるべく家の中で撮れる場面で構成するように絞って、そのせいでちょいちょい実際とは場所がちがうんですけど……」

「ほーん。なるほどねえ」

他にも、相手の顔が映らない角度が多すぎだとか声を加工してる感がありありだとか、制約から来る不自然さは挙げていけばキリがない。それらを聞かされても、我が部の部長は何の曇りもない調子で言った。

「がんばってんじゃん昴くん！　予告超バズってるしこれはイケるんじゃない――あたしは全然好きじゃないけど」

パソコン前の椅子であぐらをかいた彼女はケタケタ笑う。

映画研究部部長・一ノ瀬いさな。低い身長に高い学力行動力の持ち主。好きな映画はモンスター・パニックモノ、小難しい人間ドラマとか全然ないヤツ――曰く、人間は餌か苗床だそうだ。

そして……ご覧の通り、バレてしまっている。

「あの、完成まで秘密にしててもらえますか？」

「え～～、だって我が映研の立場が危うくなるような映画じゃん？　部長として見過ごせんなあ」

ニヤニヤと、実に楽しそうに言う。遊んでいるだけなのは明白だった。

何故バレたかと言えば、不味《まず》かったのは原に映画を撮っていると言ってしまったこと、そして公開した予告動画だろう。

原はこの二つを結びつけることなどあるまいと思っていたが、原から映画の件を聞いていた一ノ瀬先輩はそうではなかった。最近すっかり部室に顔を見せなくなった俺と昼休みに遭遇し、彼女は開口一番爆弾を放り込んできた。

『ニヒサちゃんとの撮影は順調？』と。

「有沢ニヒサの自殺を阻止したのは本校男子の可能性が高い」「元ネタへの悪意が露骨なタイトル」「俺は薪山の息子」「実質一人暮らし、ニヒサを匿うのにうってつけ」

推理できる材料は言われてみれば色々あったが、あくまで「だったら面白いかな？」くらいの冗談だったらしい。周囲に人がいなくて本当によかった。

それで、その冗談に俺はあり得ないくらい動揺してしまい、それを見た彼女は言った。部室行こうか、と。二十分ほど前の話だ。

「まっ、いいよ。靖幸くんに言ってたことだし、いずれ見せてくれるつもりだったというのも信じよう」

「本当っすか？」

「信用ないなあ～。部長を信じられないの？」

「原にペラペラ喋ったじゃないすか」

そう指摘すると「てへ」みたいに舌を出す。やめろその顔。

「言わないって。昴くんが好きなことやれてるんだしさ、お姉さんうれしいよ」

お姉さん、という自称にふさわしく慈愛に満ちた視線を送る。信用が置けるかイマイチ不安なところはあるが、後半の言葉は素直に受け取っておこうと思う。

「……俺も、よかったと思います」

映画の内容は楽しげでは全然ないけど、悪意的で、陰鬱《いんうつ》な話ではあるけど、ニヒサとそれを撮っている今は、大変だけど、難しいけど、息が詰まるようなことの連続だけど、充実していた。

ニヒサと出会う前の俺だったら、たとえアテナが帰ってこようとまた映画を撮ろうなんて言えなかったと思う。アテナから逃げていたと思う。

全部全部、ニヒサのおかげだ。

一ノ瀬先輩もご満悦といった感じで頷く。それでこの話は終わり——そう思ったのは俺だけだったらしい。

「んで、次回作とか考えてんの？」

「えっ」

唐突な質問を放り込んでくる。何言ってんだこの人。

「ほら、今は手一杯だろうけどさ、次よ次。あたしは正直そっちのが気になるな。考えてたりしないん？」

「次回？」

俺が首を横に振ると先輩は口を尖らせた。

「えー、昴くんあと一年あるじゃん。大学行ってからだって映画撮れるじゃん。撮る気になってんでしょ？　撮りたくないの？　ニヒサちゃん、キミにべた惚れなんでしょ？」

「へ、変なこと言わないでください！」

思わず裏返った声で返した。

「変？」

「べた惚れとか……そういうんじゃないですから。一緒に映画を撮るってだけです、同盟っつうかパートナーっつうか。それだけ」

そりゃ正直ドキッとすることもある。あるが、あまりいいことではないと思う。

だってニヒサの顔はアテナの顔、ニヒサの体は、アテナの体だ。アテナへの執着をニヒサに重ねながら、アテナの体を持ったニヒサにそういう欲求を向けるのは、と。それなら撮りたいってのも同じことじゃないかと言われると反論は難しいのだが……。

「そもそも、ニヒサは絶対俺のことそういう目で見てないんで」

そんな風に訴えると、一ノ瀬先輩はきょとんとした表情。

「恋愛的な意味なんて言ってないけど」

「……」

かっと顔が熱くなり、「忘れてください」と訴えると、一ノ瀬先輩はまたも「どうしよっかな～」としばらくニヤニヤした後で言う。

「聞いてる感じキミのことすっごい信頼してんでしょ？　きっとこれからだってオファーすれば受けてくれるよ。ワクワクしない？　天才女優有沢ニヒサをこれからも撮れるってなったらさ。

あたしだったら、めっちゃヤバい役演って欲しいけどなあ。自分の体で育てた寄生虫で人類を滅ぼす科学者とか」手をうねうねと動かしながら。触手か何かだろうか。

「楽しそうっすね」

「でしょー」

一ノ瀬先輩の語るプランは、たしかに胸が躍るようなものなのかも知れない。

でも。

「ニヒサは多分、出ないです」

「そうなん？」

「はい」

こればかりは俺がやりたいやりたくないの問題じゃない。ニヒサが拒絶するだろう。

『世界の憎み方を教えて』がニヒサの全てで、それ以降再び女優として活動する、俺と何かやるなんて考えちゃいないだろうと。

それを言うと一ノ瀬先輩は腑に落ちない様子だった。楽しげに悪巧みするニヒサのことだって俺からさっき聞いたのだから。

「ニヒサちゃん、楽しんでんじゃないの？」

「はい。でも……死のうとしてる時も楽しかったらしいんで」

本人の語る通りだ。あの踏切での時間も今も、単に意地が悪い真似をするのが楽しいってだけじゃないんだと思う。これで終わりだから、それ以上先を望まないからこそ、ニヒサは自分にその楽しみを許しているんじゃないだろうか。

何故そう思うかと言えば、ニヒサが他の一切の楽しみを拒み続けているから。

全ての時間を編集作業や稽古に費やし、食事もごく事務的に、カロリーを摂取しているだけと言わんばかりに無言。気晴らしにと貸した漫画にもゲームにも俺が見ている限り手を付けていない。TVを使うのはもっぱら撮った映像や自分の出演作品を見返すため。

楽しみは餌だ。だから食ってはならない。

そんな頑なさを、ニヒサは全身で物語っていた。

「じゃあ映画終わったらどうなんの？　またあの踏切にUターン？」

「いや……死にはしない、と思いますけど」

『ただ、ただ生きていくだけ。世界の、どこか隅の方で』あの日、ニヒサはそう言って俺の家から立ち去ろうとした。

もしも、もしも死ぬほど都合のいいように事が運んで、俺が望んだ通りに映画が皆の心に刺さって、ニヒサへの視線が好転しようとも、きっとそんなことは関係ない。

何も楽しまず、大切なものなど作らず、飼われない代わりに何も持たない、それこそいつかアテナが戻るまで肉体を保全するだけの人生を、ニヒサは自分に課すつもりでいるんじゃないだろうか。

「辛気臭〜〜〜〜」

そんなことを語ると、一ノ瀬先輩は眉間に皺を寄せ、呆れたように溜息をつく。

「むしろ食い尽くす気になればいいと思うけどなあ。世界なんか全部自分のためにあるんだよ。異世界転移なんて超ヤバい体験してんだからさ」

どこか悪役じみた台詞。世界は自分のためにある——入部当初、映画を撮りたくない理由を零した時に俺も似たようなことを言われた。自分を縛るなと。尊敬する人の言葉だという。

俺には眩しい言葉ではあるけれど、しかしきっとニヒサには響かないだろう。そんな資格はないと怒るだろう。自分はあの少年を殺したんだと。自分のその罪を許すニヒサが、俺にはちょっと想像がつかない。

「大丈夫だよ、ソースは昴くん！」

「へ？」

またビシィッと俺を指差して。言われた俺はわけがわからない。ソース？　俺は不安材料しか言ってない。

「きみだって入部した頃言ってたじゃない。自分は映画を撮る資格なんてないって。でも今撮ってるじゃん。ニヒサちゃんに出会って」

だから大丈夫、と彼女は笑う。

ニヒサと会ってないから、彼女の背景を俺を通してしか知らないから吐けるような言葉だった。こんなの、ニヒサは絶対に激怒するだろう。

でも、この人みたいだったらいいだろうな、と時々思う。

親に捨てられて施設育ち、奨学金を借りて大学に通いながら映画監督を目指すつもりでいるという。事実、今も受験生ながらアルバイトに勤しんでいる。そしてそんなに苦労して夢が叶った時に撮るつもりなのは、日本で受ける気のしないSFホラーやモンスター映画。

周りがどうとか、成功するしないとかじゃなく、好きなことに生きる覚悟ができたら、世界に飼い馴らされるとか、上手くやるとかじゃなく、上手くいこうといくまいと我が物顔でこの世界を生きられたら。

そんなことを考えながら、この日の昼休みは過ぎていった。

その後もブラックな労働環境のまま撮影は続いていった。ニヒサはずっと家にいて作業をしてくれているが、それでも二人は無理がありありで、もう原や一ノ瀬先輩に話して手伝ってもらおうか——先輩に関しては向こうから申し出てきた——なんて考えもしたが、やめておいた。

一ノ瀬先輩のタスクを増やすわけにいかないとか原が混ざったら絶対拗れるとか一ノ瀬先輩もニヒサを刺激しそうとか、そのへんもないではない。ただ一番は、めちゃめちゃ馬鹿な考えだけど、この映画は二人で完成させたいと思ったから。

期末テストの結果はボロクソだったけど、映画は着実に完成へと近づいていった。

ニヒサへの取材と手に入る資料を照らし合わせて作った三年間のエピソード表が、一つ一つ映像化されてゆく。

ニヒサは薪山から渡された台本に失望し、わかっていたことだと自分を慰め、ドラマの役作りに励《はげ》んでゆく。

ドラマは空前の大ヒットを遂げ、世間では異世界人の境遇への理解と同情の声が高まる。

ニヒサ自身も異世界人の代表として、この世界になかなか馴染《なじ》めなかった苦労を語ることが許されるようになる——ネイティブを責める印象にならないよう、調整された苦労話——。

がんばったおかげで、世界は前より上手く回っている。

自分がちゃんと、歯車として機能を果たした成果だ。怒らなくてよかった。めんどくさい子と思われなくてよかった。そう言い聞かせた。

徐々に苦しみが濃くなっていくニヒサを撮り続ける中で、俺は思っていた。

撮ってよかったと。

それは映画が価値あるものだからとかじゃなくて、言わば役得、ニヒサを見つめられるから。

舞台の観客や対面して話すよりずっと近くで、あるいは遠くで、時にねっとりと、時にドライに、俺はあらゆる角度からニヒサの仕草を、表情を、声を切り取ることが許されている。

それって、なんて幸福だろう。

何も盛らず、何も損《そこ》なうことなくニヒサを伝えようと思った。ガワを繕《つくろ》うために我が身を削り、怒りも不満も最初から抱かないようになり、徐々に空っぽに近づいていく。

後半の彼女を綺麗と言っていいのかわからない。それを撮るのを楽しいと言っていいのかわからない。つらい。痛い。苦しいと思う。だけど、やめようなんて一瞬も思えなかった。使命感からの我慢ではない。巨大な引力みたいなものが、俺を摑んで離さなかったから。

魅力的なことを美しいというなら、やっぱりニヒサは俺にとって誰より美しかったんだと思う。

そんな中、一ノ瀬先輩に言われたことを時々思い出していた。ニヒサだってきっと変われる、自分を許して、自分のために生きられるようになると。

ニヒサはそんなこと言われたら激怒するだろうけど、でも俺はニヒサの気持ちなんかとは全然別なところで思った。嫌だ。そうはならないで欲しいと。

俺が今夢中になっているニヒサの美しさは、きっとニヒサが自分を責めぬいて、自分の罪に苦しんでいるから成立するんだ。救われたら、この美しさは消えてしまうんじゃないか。

あまりにも最低すぎる発想だと思う。被写体は人形じゃない。ニヒサは俺に撮られるために生きてるんじゃない。

でも、俺たちは監督と役者ってだけの関係だから、俺にとってのニヒサはまず女優だから、そんな風にも思ってしまう。

その一方、全く別の感情も芽生えていた。それは撮影終了《クランクアップ》が近づくにつれてどんどん膨《ふく》らんでいき、だからあの日、俺は行動に出たのだった。

その日は日曜で、朝食を摂った後でみっちり稽古を行い、撮影に臨める余裕があった。この日撮る場面は、終盤ではあるがラストシーンというわけじゃない。そちらはすでに撮ってある。

これから撮るのはクライマックスといえる物語上の最重要の場面で、ここを撮ればこの映画に必要な全てのシーンが出揃う、撮影は完了する。

壁と床にグリーンシートを敷いたガレージ、機材とセットを運び込み、撮影を始める。

以前、媚びていた自分を演じるのは嫌じゃないと言っていた。だけど、その芝居を終えた後のニヒサは憔悴《しょうすい》しきった様子でスツールに座り込み、しばらく話しかける気にもなれなかった。その日ニヒサが演じたのは、剝き出しになった、彼女が最も嫌う自分だから。

休ませている間、映像を確認する。

見終わって、胸を満たしている感情は、多分今ニヒサ自身が抱いているのと同じだった。疲れていたし、心地いいものではない。それでもこのワンシーンがあるだけで、この映画はクソにはならない。そう確信できる芝居だった。

ニヒサがやや回復したのか、立ち上がる。水を飲んでいたところへ俺は声をかけた。

「ニヒサ」

バクバクいう心臓に落ち着けと言い聞かせながら、やはりやめた方がいいんじゃないかと言う自分を黙らせて、俺は手にした袋からそれを取り出した。

「お疲れ……スゲーよかった、絶対いい映画になる。それと……」

手汗で滑《すべ》らせないかと不安になりながら、俺はニヒサへとそれを差し出す。前日に買ってきて、ニヒサに見えないように保管しておいたもの。全てはニヒサに手渡すために。

ニヒサは目を見開く。

その表情は、驚愕《きょうがく》から困惑、徐々に嫌悪へと変わっていった。彼女が視線を注ぐのは、セロハンに包まれリボンに彩られた、真っ赤なバラの花束。

「どういう、つもり……？」

「クランクアップのお祝い」

ドラマや映画では撮影開始や終了の際、スタッフから出演者に労いとして花束を贈る習慣がある。もちろん、ニヒサだって幾度となくもらってきただろう。きっといつも笑顔だったんだろう。それが今は、あらゆる負の感情をないまぜにしたみたいな顔で、ぷるぷると震えながら俺を睨んでいる。

「本当にニヒサのおかげだと思ってる。よかったら、これからも」

「いいわけないでしょっ!!」

叫びと共に、ニヒサは花束を払い落とした。床に叩きつけられた衝撃で形は崩れ花弁が何枚か散らばる。

「何なの……冗談のつもりなの？　私がそんなもの欲しいと思ってるの？」

張り詰めた声音で俺を責める。芝居の中でも見せなかったほどの怒りを俺へと向けている。綺麗だな、と最悪なことにどこかで思ってしまう。

「俺があげたかった。ニヒサにありがとうって言いたかった。これからも、よかったら俺の撮るものに出てほしいって思ってる」

さっきは遮られた言葉を今度は最後まで言えた。言われたニヒサはやっぱり何一つうれしそうではない。俺への失望と嫌悪がありありと伝わってくる。

「ふざけないでよ……勝手に撮りなさいよそんなの……私は、私はそんなものに……意味がわからない、何で……？」

何でそんなことを言うの――きっとそう言っている。俺はニヒサがそんなの絶対に受け入れないと知っているはずなのに、これ以上飼い馴らされないために死を選んだと聞いて、彼女の「攻撃」にずっと協力していたはずなのに。

俺だけはそんなことを言わないと、彼女が思ってくれていた真似を、俺はきっとしてしまっている。

それでも、俺は伝えたかった。映画が誰かに刺さってほしいと祈るように、この言葉もニヒサに届いて欲しいと期待する気持ちがあるなら伝えようと。

当然のように彼女の怒りを買っているけど、それでも彼女の「何で」には答えなきゃいけない。納得してもらえるかはわからないけど言葉を尽くして伝えなきゃ。

「俺、空っぽなんだ……ニヒサ」

「空っぽ？」

「ああ……アテナと出会うまで撮ってた映画なんて、全部有名なヤツの真似。自分の中の思想とか、絶対に形にしたいアイディアとか、そういうのないんだよ、俺」

一ノ瀬先輩みたいに受ける受けない関係なく撮りたいモノなんかない、昔の親父みたいな世界を愛せない人への視点なんかない。自発的に形にしたいものなんて、多分俺は今も持っちゃいないのだ。

「俺が撮ろうと思ったら、凄いとか面白いとかかっこいいとか、心底思えるものに出会って、張り付くしかないんだと思う。

ニヒサはそういう相手なんだよ。もっと撮りたい。ドキュメンタリーだけじゃなくて、映画だけじゃなく色んな形で。

あんたみたく綺麗な人を逃したくない、これっきりにしたくないよ、俺」

「綺麗じゃ……ないわよ」

静かな怒りと、悲しみに満ちた声で、ニヒサは俺の願いを切り捨てた。

「知ってるでしょう？　見たでしょう？　私がどれだけ醜いか」

何しろニヒサが言う醜さを、俺は見せつけられた、撮り終えたところなのだから。

「……ああ」

その場面に登場するのは、ニヒサと、一人の異世界人少年。

異世界病患者の交流会に招かれたニヒサは、覆面をかぶった少年に声をかけられる。

彼は、自分の体への違和感から、ずっと顔を隠して生活していた。まさに、ニヒサ自身がドラマで演じた主人公のように。

息子の顔がそんなに嫌か、顔を隠すなと周囲から言われ続け、ドラマの放映によってその圧はますます強まったという。だって、ニヒサは、あの主人公はちゃんと克服していたから。この顔もこの世界も大好きと愛くるしい笑顔を浮かべて。

覆面を剝がされ、素顔で学校へ行かされる。発症前の人格と同じ振る舞い、同じ服装を強いられる、と。

少年はニヒサに頼んだ。自分が受けた虐待を一緒に告発してほしい。ニヒサは有名人で人気者だから、味方になってほしいと。

だけど。

『ダメよ、そんなの』

『もし告発したら、あなたに同情する人はいるかも知れない。だけどそれ以上に、ドラマで盛り上がってるのに邪魔された、何だあいつ、ウザいって人が絶対いる』

『そうしたら、異世界人《私達》は面倒くさいって思われる。水を差したあなただってますます苦しい立場に置かれるわ。

これからも、あなたも私もこの世界で生きていかなきゃいけない。だから、わかるでしょ？』

そう言って、例えばカウンセラーに相談してみるだとか、表沙汰にならず、事を荒立てない方法を提案した。自分たちに影響が及ばない、適当なところに落ち着いてくれそうなプランを。

少年役――覆面をかぶった俺の手を払い、引きつった笑みでやり込めようとするニヒサは、たしかにあまりにも醜かった。

結果、彼は数日後に命を絶っている。

「本当はね、異世界人の立場が実際悪くなるかなんて、多分どうでもよかったのよ。ただただ、目の前のあの子が邪魔者に見えた。私が惨めな思いをして飼い馴らされてるのに文句を言うな……邪魔するな、私の世界を荒らすな、大人しくしてろって。

私が、あの子を飼い馴らそうとして、殺したの」

たった今演じた過去を振り返り、ニヒサは顔を歪ませて述懐する。

自分は人殺しだ、と。

『世界の憎み方を教えて』はニヒサが一方的に世界を、ネイティブを断罪する映画じゃない。世界の都合を内面化した自分は同類の、最も醜悪な行為をしたと告白する映画だ。

「だから私は死ぬまでずーっとこのままでいるべきなの。あなたやアテナとちがう、堂々と生きよう、この世界で居場所を得ようなんて望んじゃいけない」

幾筋もの涙で顔を汚して、切々と訴えるニヒサは、心底そう思っているんだろう。

そんなニヒサを、俺はずっと撮ってきたつもりだ。寄り添おうとしてきたつもりだ。その上で、改めて俺は訴えた。

「やり直そう。やったことを告白して、非難されて、後ろ指さされても、だからって幸せになっちゃいけないなんてことないだろ」

「ダメよ。そうなったら私、絶対繰り返す。その時の私にとっての普通の世界で、苦しんでる人を鬱陶《うっとう》しく思う。邪魔者扱いして、黙らせたがる……」

ぐしゃぐしゃの表情でニヒサは言う。本気でそう信じてるのか、そう言い聞かせているのか。わからない。どちらにせよ、ニヒサは強く強く思っているんだろう。自分はこのままでいるべきなんだと。

一ノ瀬先輩みたいに楽観的なことを言う気にはならない。絶対ないなんて言えるわけもない。現に一度はやってしまっているんだから。

「ニヒサ、前に言ったよな。俺は親父とはちがう。親父は俺みたいに真面目じゃないとか……うれしかった」

「それが何」

「ニヒサみたいなこと、自殺させたとかはなかなかなくても、多分世の中のだいたいのヤツがしてると思う。やな話だけど。……だから気にすんなとか言うんじゃないよ。むしろみんなもっと気にすべきなんだ」

イジメを見て見ぬ振りしていたことがある。変に関わって自分に飛び火したら嫌だからと。もしその時にイジメられてる奴が自殺していたら、俺はこんなに引きずっただろうか。多分そんなことないと思う。俺は自分を甘やかすのが上手い。言い訳をいくらでも思いつける。

ニヒサはそうじゃない。極端で、潔癖で、自分に厳しい。

「ニヒサは普通よりずっと、間違いを繰り返さない努力ができる人間だと思う。そういう自分を信じていいんじゃないかな？」

ニヒサの表情は和らぐどころかさらに強張って、彼女は首を横に振る。

「……買い被りよ」

「そんなことない」

届くはずのない言葉が口から飛び出す。こんなのどこまで行っても平行線だろう。自分を信じず自分を縛り続けている彼女が、どうすれば期待を取り戻してくれるのか。考える。

多分、一分かそこらの沈黙の後で、俺が出した答えは自分でも何じゃそりゃと思うようなものだった。

「俺が見てる……見張るよ、ニヒサのこと」

「見張る……？」

「……ニヒサが、また同じようなことしてないか、俺がずっと見てる。監督として、パートナーとして」

俺はまた、後先考えずにデカいことを言った。何がパートナーだ。一本一緒に撮っただけじゃないか。一回ヤッたら彼氏気取りになる奴か。

でも、根底にある気持ちは嘘じゃないはずだ。俺はもっとニヒサを見ていたいのだ。手放したくないのだ。もったいないのだ。

ニヒサみたいになりたいのだ。

「ニヒサもさ……見ててほしい。俺が、そうなってないか。お互い教え合って、見張り合おう。

それじゃ、ダメかな」

俺はやや不格好になった花束を拾い、改めてニヒサへと差し出した。

少しの、時間が必要だった。

ニヒサは苦み走った表情で花を見つめる。結局また拒絶されるかもと思うくらいに。

真剣そうな、きっと口を結んだような表情をしようとして、やめた。

俺の胸の内が変わるわけじゃない。迷ってるし、弱々しいし、情けない、そんな表情のまま差し出した花束が、どうか届いてくれと祈るしかない。

ニヒサの表情から険が取れて、悲しげな笑顔に変わる。ニヒサもそっと手を伸ばして、俺の手に重ねるように、花束を受け取ってくれた。

目の前が滲む。うれしかった。アテナが映画に出ると言ってくれた時くらいに。

泣きそうなのを悟られたくなくて、視線を逸らし気味にしながら言った。

「これからもずっと、花を贈る。映画でもドラマでもCMでも、ニヒサを一つ撮るたびに」

「……実はね、私、こういう花好きじゃないの」

「えっ？」

ニヒサが好きだという花はどれも毒々しい色合いで、一般にはあまり人気のなさそうなものばかりだった。異世界との文化のちがいか、あるいはニヒサ個人の好みなのか。とりあえず全てメモしておくことにする。

その後は、軽い打ち上げをやった。撮影が終わったというだけでまだやることは残っていたが、それでもとにかく、祝いたかったんだと思う。

寿司《すし》とピザを頼んで、親父のビールまで開けた。ニヒサは酔いやすく、しかも酒癖《さけぐせ》が悪いらしい。仕事上の、映画で取り上げるにも微妙過ぎる愚痴を言い続け……そのあたりから記憶がない。

目を覚ますとそこにはニヒサの姿がなく、ピザの空き箱やら空き缶やらが散らばっていたテーブルが綺麗に片付いていて、そして何やら書かれた紙がわかりやすい位置に置いてある。

何だろうと思い、半分寝たままの頭で目を通すと、一気に覚醒《かくせい》することになる。

『今までありがとう、スバル。

あなたが私を撮ってくれたこと、私に一緒にやっていこうって言ってくれたこと、すごくうれしかった。

本当に、あなたと生きていけたらよかったと思う。

でもごめんなさい。ダメなの。

異世界病が、治る兆候が出ているの。多分あと数日でアテナは戻ってくる。

だから、さようなら』

Chapter.3　この世界の真ん中で

十二歳頃までニヒサは自分が王様だと思って生きていた。

家は金持ちで両親も年の離れた兄もニヒサにはめっぽう甘い。ねだれば何だって買ってもらえたし、嫌いなものは食べなくていい、やりたくないことはしなくていい、そういう風に育てられた。言うことを聞かないのはドードー鳥のマフくらいだ。

とはいえニヒサのワガママが許されたのは家の中だけの話で、学校ではむしろ敵ばかりが目立った。

四年生から編入した女子教育院は金持ちの子ばかりが通う学校で、そこでもニヒサほどに裕福な家の子は少なかったけれど、彼女たちはニヒサの家を蔑《さげす》んだ。成り上がりだと。

生徒の家は多くが王政時代の貴族の家柄で、当時からの土地や財産を元手に事業を行っていた。貴族の血筋ではないとしても名家と言われる程度には代々の金持ちが普通。対してニヒサの家は祖父の代まではごく平凡で、父が新しく始めた商売が流行に乗って成功、上流の仲間入りを果たした。

運良く金持ちになれただけで本質は卑しいんだと言われたし、それを裏付けるかのように、ニヒサは言葉遣いも食事の作法も、服を汚さないようにする立ち振る舞いもロクに身についていなかった。両親が教育をしていないわけではなかったが、本人が面倒で拒んだからだ。

かと言って彼女らの語る卑しさを認めることを、ニヒサは良しとしなかった。両親にも兄にも教わっていない、ただやられたらやり返す、幼児の頃からの信条をニヒサは持ち続けていた。それが誇りを守る道と信じていた。

悪口には悪口で対抗した。家柄が何だ。平凡な生まれから金持ちになれたのは父の才覚や努力が並々ならぬものだったからだ。何なら、そっちの親がもともと有利な地位にいたにもかかわらず後発の父に負けているのは凡庸や怠惰の表れではないか、親の恥を晒して何故家柄を誇っていられるんだ、と。

そんな調子だから向こうが暴力に訴えだすのに時間はかからなかった。ニヒサは体格がよく一対一の喧嘩《けんか》ならそうそう負けることはなかったが、それでも多勢に無勢だ。ならばこっちも手段を選んではいられない。ニヒサを打ちのめして満足している連中を、一人になったところで後ろから殴りつけ、制服を刃物で切り裂いてやったし、また、取り囲まれた時には予《あらかじ》め瓶《びん》に詰めていた糞尿《ふんにょう》をぶち撒けてやった。

徹底抗戦する覚悟のない連中は教師や親に泣きついた。自分から仕掛けておいて情けない、ざまあみろ、とニヒサは高らかに勝利宣言……で物語は終わらなかった。

数日後、ニヒサの父が靴を舐めていた。

主犯格の生徒の父親が娘とニヒサの家を尋ね謝罪を要求した。応じる気などさらさらなかったニヒサの目の前で、父は男の足元に這いつくばり、靴に舌を這わせた。

向こうは大銀行の頭取だった。父の会社はその融資がなければ立ち行かなくなる。従うしかなかった。

ニヒサは生まれて初めて、自分の行動を心底後悔した。

いつも甘やかしてくれる父が、ニヒサが謝ることなんてないと言った相手に全ての尊厳を捨てて詫びる。

自分は王様じゃない。自分の望みが叶うのはごく限られた世界でしかなくて、その世界を守るために、父はこんなにも無様な姿を晒している。

その現実に、ニヒサは人間社会の序列を心に刻んだ。自分たちには逆らってはならない相手がいて、自分が王様を気取って一時いい気になってもすぐさま制裁が下るのだ。

自分だけなら望むところだ。でも、家族がいる。学校の秩序に不満を抱く時、それを表に出そうとする時、家族を天秤にかけることになる。自分のワガママのせいであの男の機嫌を損ね、会社が潰れて一家が露頭に迷う。父も兄も母も、自分のせいで劣悪な労働を強いられるかも知れない。マフを飼う余裕なんかなくなるだろう。

以後、ニヒサは逆らうことをしなくなった。家格が上の子には傅くように学校生活を送り、嘲りを卑屈な笑いで流す……そんな暮らしがこの世界へ来るまで続いた。

「帰るのか、そんな世界に」

『ええ』

場所は俺の家のリビング。俺はそこで、ニヒサのマネージャーだという女性にすぐ隣で見張られながら、彼女に借りたスマホでニヒサと話していた。

ニヒサが姿を消したのに気づいてから二時間ほど、このマネージャーが俺の家へやって来て、ニヒサから聞いたという話を俺へ説明した。

曰く、昨晩俺が眠ってしまった後で、ニヒサの脳に異世界の光景が流れ込んできたのだという。出港する蒸気船や、路上での客引きの声、屋台の食べ物の匂い、この世界にはないデザインの格好で街を歩く人々——向こうにいるアテナの脳が感じ取った知覚情報の流入。異世界病治癒の前兆だった。

もうこれ以上、俺のもとにいて、俺を付き合わせるわけにはいかない。ニヒサはそう判断して自らマネージャーに連絡し、事務所へと戻った。現在は寮の自室で社員に見守られ、「保護」されているという。

俺はニヒサと話させろと要求した。一度は断られたが、俺が聞いた話を全部ネットに書くと脅すと渋々応じ、恐らくもう会うつもりなんかなかったであろうニヒサと、こうしてまた話すに至っている。昨日の打ち上げから十数時間。短い別れだった。

ニヒサが電話に出て一番に聞いたのは治るってのが本当なのか。

すぐには信じられない話だった。いつか治癒するものなのは知っていたし待ってもいたが、タイミングがひどすぎる、と。ニヒサはすんなり認めたし、こんな嘘をつく理由があるとも思えない。

ニヒサがあと数日で世界から消える。そう認識して、俺が次に言ったのは「異世界の話を聞かせろ」だった。

同居を始めてからの約一ヵ月、聞く機会はいくらでもあったのに俺はすでに公開されている情報以上には踏み込まずにいた、荒廃した世界だとか戦争だとか、アテナが危険になる環境じゃなきゃそれでいいと。

何でかと言ったら聞いてもしかたないからじゃないかと思う。どれだけ克明に語られても俺はこの目で見ることができないし、関与しようがない世界なんだから。

それが、今やニヒサは数日後にそちらへ戻ると確定して、途端に俺とのことを放り出した。帰れると決まればこの世界なんか、俺なんかもうどうでもいいと言われたみたいだ。

ムカつくけど、悔《くや》しいけど、でもせめて聞いておきたかった。一体どんな世界なんだよ、何の抑圧も受けない、素晴らしい人生を送っていたのか、と。

そうやって聞かされたニヒサのオリジンに、俺はどう言えばいいのだかわからなかった。

ニヒサらしいと聞いていて思った、ワガママで勇猛で陰湿な気性が、家族を天秤にかけていると突きつけられ、へし折られる。ニヒサはこの世界での自分を飼い犬と自嘲していたけど、元の世界での体験は餌付けされる、飼われるなんて生易しいものじゃない、まるで人質を取られているみたいだ。

そしてそんな生活が、きっとこの世界での成功の下地になっているのだ。

嫌な話だと思うと同時、アテナのことにも考えが及んだ。あいつは今もまさに、そしてまだ数日はその世界で生きなきゃならない。

アテナは、三年間をどう生きたんだろう。理不尽を受け入れず暴れるのか。痛快かも知れない。胸がすくかも知れない。だけど、ニヒサの「人質」はどうなるんだろう。

あるいは、アテナはニヒサと同じく従順な娘を演じようとするかも知れない。だってアテナは優しいから。クソみたいな母親の言うことさえ聞いていたから。それでも上手くは出来なくて、どこかで限界を迎えてしまうんじゃないか。

『アテナが帰ってきたら、お疲れ様って言ってあげて』

まるで心を読んだかのように電話口のニヒサが言う。

『きっと今のあなたなら、前よりずっと上手くアテナを撮れる。これからも作り続けてよ。私なんかよりずっとずっと魅力的な人に、あなたなら出会え――』

「どうでもいいよ」

思わず凄むような声が出ていた。

何か気遣う風な、死を前に聖人ぶりだしたみたいなニヒサに、引っ込んでいた怒りがまた湧いてくるのを感じる。

「どうでもいい。あんたはアテナじゃないし、あんたが消えた後の俺なんてあんたに関係ない。

あんたはどうなんだよ」

『私?』

「あんたはどう生きてくんだよ。もとの世界でさ」

筋が通らないことを言ってると思う。関係ないというならそれこそ、異世界に帰った後のニヒサなんて俺には関係ないのだ。だけど俺は悔しかった。この世界での存在期限を突きつけられたら投降して、事を荒立てずに最後の時を過ごそうとしているらしいニヒサが。

そんなんならあの日の花束なんざあの場で捨てればよかったじゃないか。

「俺は、ワガママなお嬢様の頃の、俺と映画を撮り始めてからのあんたが好きだよ。そういうあんたのまま異世界に帰って欲しい。そういう風に生きて欲しい。なのにふざけんなよ。勝手に消えないでくれよ。何であんたを飼い馴らしてた連中のとこに戻んだよ、なあ。俺はまだ――」

「はい、そこまでね」

マネージャーが横からスマホを掠め取り、電話を切る。これ以上話したいなら『世界の憎み方を教えて』のデータやニヒサから聞いた話のメモを渡せと言われて、諦めざるを得なかった。

公開されれば大ダメージになるだろう暴露映画を、事務所は是が非でも回収したいらしい。俺の口を封じたいらしい。この値段で買うと高校生には目玉が飛び出るような金額を提示してきた。

「昴くんはアテナちゃんの体を人質に無理やり取らされてただけだし、君の名前は表に出ない。全部あの子が勝手にやったこと、それでどうかな?」

「ニヒサがそうして欲しいっつってんすか?」

「そう、あの子も、昴くんには迷惑かけたって」

「嘘でしょ」

「……」

「恥ずかしくないんすか?」

「大人はみんなそれなりに悪いことやずるいことしてるんだよ。守りたいものがあるからね。清濁併せ呑むって言葉、君くらいの子は好きじゃない？」

「今、嫌いになりましたね」

俺は絶対、濁に呑まれる。こいつらがその証明だろう。俺が断ると、彼女は後悔するよと言って帰って行った。

「ニヒサはもういなくなるし、君は異世界人じゃないでしょ？　映画の意味ってなに？」

意味はある。例え公開したところで世界を変えられる可能性は低いとしても、この世界が変わろうが変わるまいがニヒサはいなくなるとしても。意味がないと捨てたから俺は腐った二年間を過ごしていたんだ。もうごめんだった。

それをこの女に訴えても、きっと適当になだめられて終わりだろうし、俺がこれからすることを許さないだろう。だから黙って決行することにした。


ニヒサの事務所の寮に忍び込もうとして警備員に捕まったのは、その日の夕方のことだった。結婚式から花嫁をさらうみたいな展開に対して馬鹿じゃないのかとずっと思っていたが、こっちはあと数日で永遠の別れなのだ。誰も馬鹿とは言うまい。

「馬鹿じゃないの？」

ニヒサは心底呆れた風に言った。

警察署の面会室だとかではない。俺が必死にペダルを漕ぐ自転車の後部に跨って、事務所の連中が走って追いかけてくるのを尻目に。

マンションの前で警備員に羽交い締めにされている俺の叫びを聞いて、部屋着姿のままベランダから植え込みに飛び降り、俺の手を引いて駆け出したのだ。

「馬鹿っつうならあんたもだろ。自分からいなくなっといて」

「そうね」

ニヒサがくすりと笑うのを背中で感じた。

「何であんなことしたんだよ」自分からさらいに来ておいておいて俺は尋ねた。こうしている今もどこか信じられない気持ちがある。

「悔しかったんだと思う」

少しの間があってニヒサが答える。

「あなたに電話で言われて、こんな真似をしたあなたを見て、私はそれを黙って見守って、最後までここでこいつらのいいなりかって思ったら」

それでニヒサはベランダへ飛び出し、必死に制止するマネージャーに肘打ちを食らわせダイブを決めた。引き留めようと叫ぶマネージャーに、自転車の後ろで「うるさい！　死ね！」と返すのは聞いてて胸のすく思いがした。

「それに、思い出が欲しかったのかも」

「……そっか」

思い出作り——何となく後ろ向きな響きだけど、考えてみれば映画も漫画も小説も、ほとんどのフィクションが過去の記録だ。刻まれるのが脳味噌になっただけだ。

ニヒサの脳内で永遠にリバイバル上映されるような最高の思い出を作ってやろう。

そう決心して、俺たちは短い旅に出た。


「始めるけど……いいん、だよな？」

ニヒサと走り出してから二時間ほど、自転車を乗り捨てニヒサに変装させ電車を乗り継ぎ、今いるのは千葉県某所、海水浴場に隣接する、身分や年齢確認をされずに泊まれるホテルの一室。

備え付けのデスクの上、電源に繋がれたパソコンを前に、俺はニヒサへ問いかけた。

家から持ってきたノートＰＣ。ソフトを立ち上げ、保存されていた映像を呼び出す。これから臨むのは、映画製作の最終工程・編集作業だ。

映像をつなぎ合わせ、加工を施し、不要な部分を削ぎ落とし、一つの映画へと構成する、撮影と並んで重要な作業……なのだが、これでいいのかって気がしないでもない。映画でやり残したことがあるとかではなかった。だって目的は思い出作りなのだ。

「なんかさ、遊び倒すのもありじゃねって思うんだけど……ニヒサは撮影は終わってるし」

ちらりと窓の外に目をやればビーチを見下ろせる。泳ぐにはもう遅い時間だが茜色の空と海は大変にエモかった。この光景を独り占めにできるのはなかなか贅沢な体験じゃないか。

あるいは街に繰り出すなり、そっちの方が思い出らしい思い出になるんじゃないか、息苦しい世界に連れ戻される前にそういう楽しい思い出があってもいいんじゃないか。

編集は撮影と並ぶ重大な作業だが俺一人でもできるし、マネージャーの言う通りみたいで癪だけど、ニヒサ自身にはたしかに、もう映画はほぼほぼ関係ないわけだし。

「そんなこと言わないで」

ニヒサは、哀願《あいがん》するみたいに訴える。

「一度投げた身だけどやっぱり、今この瞬間に消えてもおかしくないなら、私だって何よりこの映画に向き合いたいの。だから隣で見てるし、口も出させて」

「……ああ」

少し、泣きそうになった。

「悪かったよ。二人で、完成させよう」

俺たちは監督と役者だ。世界と戦うための同盟関係だ。

楽しくない世界に帰る前に楽しい思い出を作るより、楽しくない世界と戦った思い出を胸に帰って欲しい。俺は戦うニヒサが、怒り狂うニヒサが、悪巧みするニヒサが好きだから。

椅子を並べ、共に画面を覗《のぞ》ける形で腰掛けると、編集へと取り掛かる。

映画は、ひどく乱れた映像から始まる。俺が手にしたカメラの捉えた、異世界病発症の瞬間、その実際の映像をそのまま使用している。

手のひらを見つめ、腹や首筋をぺたぺたと触るニヒサ——この時は本当に演技でなく、混乱の渦中にあったのだろう。

もう何度も何度も見返しているが、ここに来て見方に変化が生じていた。この直前までニヒサがいたという世界の話が頭から離れない。このシーンの後の、映画を通して描かれるニヒサの生き方は間違いなくその延長上にあるのだ。

「このシーンの前に入れてみる？　異世界での話」

「いらないわよ」

俺の思いつきは当人に即切り捨てられる。

「観客目線じゃ全くの嘘と変わらないもの。没入感を削ぐだけでしょ」

「それは、まあ、そうか……」

少なくとも映画内で、ニヒサのバックボーンを知ってもらうのは無理がある。

「でも、なんか悔しいっつうか、聞いた後だと触れなきゃ説得力がないっつうか」

こんなのは作り手のエゴとわかっちゃいる。俺も今日まで知らないまま、聞きもしてこなかったくせに。

「なら、感じさせて？」

ニヒサが俺の瞳を覗き込むようにして言った。

「感じるって？」

「私の過去は知らなくても、過去が私に与えた影響はきっと伝わる。あなたの腕次第で。はじめはネームバリューしか見てなかったけど……今は、あなたならそれができると思ってるわ。監督」

「……おう」

親父を演じるのに苦労してた時と同じく、顔に熱を感じながら頷く。

そうだ。そうしなきゃいけない。過去を明かそうと明かすまいと、結局観客が見るのはこの世界での有沢ニヒサだ。何があったかは知らせなくても、この世界でどういう人間だったかは見せられる。

それが伝わる編集をしなきゃいけないのだ。映像が持っていた文脈を拾い上げ、際立たせていくのだ。

有沢ニヒサは世界への諦念を抱えている。飼い犬の身に甘んじて、噛みついても何にもならないと自ら牙を抜き尻尾を振ることに慣れている。

彼女に比べたら温《ぬる》すぎる境遇だけど、俺もその感情を知っている。きっと誰だって。それと全く無縁の人間の方こそ俺は信じられない。

当たり前で、断罪できるようなものじゃなくて、だけどそれでも、やはりニヒサは間違っていた。そう思われるような見せ方をしたい。彼女は怒るべきだったし、戦うべきだった。今のニヒサは戦っている。それを讃《たた》える映画に。

集中できていた。いつになく、映画に入り込めている。撮り始めてから今が一番、この映画の描くべき輪郭《りんかく》をはっきり意識できている。どれを取捨選択すればそこに近づけるか見えている。ゾーンってやつかもしれない。

ニヒサが何か言ってくることもなく、横に置いていた飲み物に手を伸ばすこともないまま、時間が経つのも忘れて俺は作業に没頭した。

しかしそんな俺を、現実に引き戻すような瞬間が訪れる。

『この世界はね、複雑なんだよ』

したり顔で言う薪山壮一。親父《親父》に扮した俺がニヒサに持論を打つ場面だった。『世界の愛し方を教えて』の企画書と脚本を渡され、ニヒサは親父に意見した。

『この主人公って同じじゃありませんか、今までの私と。世界を愛せるようになってハッピーエンド……それだけですよね？』

親父《俺》はため息をついてこう返した。

『ニヒサさん、これは君だけのための物語じゃないんだ』

聞き分けのない子供を諭す口調で。ニヒサだけのためのものなんてこの世界に一つもなかっただろうことを無視して。

『異世界人は基本君より苦しい状況だよね？　ロクな学もスキルもない、親兄弟が一番の敵なんだから。そんな身でまともに生きてくなら周りの理解と同情は不可欠だ。そして、それはイメージに大きく左右される。そのイメージの大部分を君が担ってるんだ。異世界人≒有沢ニヒサなんだよ世間的には』

だから有沢ニヒサが演じる主人公は、世間に受けないようなネガティブな要素があっちゃいけない。めんどくさいと思われちゃいけないのだと。

それまでにも散々聞かされた理屈だった。マネージャーや事務所の社長、プロデューサーやディレクターから。

異世界人のイメージのために受けのいい子を演じなさい。そういうものなのだとあきらめていた。だけどこの男だけは、ちがうんじゃないかと思ったのに。

『本音ではね、僕だって君の気持ちはわかる。だけど、たくさんの人が愛せる世界にするためには、まず私は世界を愛していますって言わなきゃ』

そうやって、親父はノーコストでニヒサの味方を演じてみせた。

『まあ、こんなものだって思ったわ。この時。あの人に対しても、世界にも。きっと彼の言う通りにした方が世界は上手く回るんだって』

ニヒサは、失望と同時にどこか受け入れもしたと言っていた。それはきっとそうなんだ、と。

「いるわよね……、私のせいで、よけい追い詰められた、あの子みたいな人たちが」

ずっと黙っていたニヒサが、手を止めて画面を睨む俺に言った。

「彼らは、私を恨んでも、当然よね」

「……かもな」

ニヒサの自殺未遂騒動以降、学校でもネットでも、やっぱり異世界人って危ないんだな、行動を制限した方がいいだろ、なんて喜々として言う連中をよく見た。そういう悪意に、モロに晒されてる異世界人はきっといるんだろう。決まりかけていた正社員雇用が突然なしになった、という異世界人の動画も話題になっていた。

多分その人達には、その人達の切実さがあるんだと思う。それを責める気にはならない。

でも。

そんな顔するなよ。目の前のニヒサの卑屈な笑みを見て思った。その感情が、あきらめが向かう先を、俺たちは知ってるじゃないか。この映画で描いたじゃないか。

「親父の理屈が正しいなら、ニヒサがあの子の頼みを聞かなかったのだって正しいってことになる」

「それは……」

俺は体ごとニヒサの方へと向き直る。

「どんな立派な人だって何か大きなことをすればきっと誰かは巻き込んで傷つけるよ。そういう人をなるべく出さない方法を探すのは大事だと思う。けど、周りを人質に取ってお前が従わなきゃみんなが苦しむぞなんて脅すのはさ、卑怯なだけだろ」

たとえ否定できない一面があっても、それは変わらない。

我が身可愛《かわい》さで強い者に媚びるのはまあ好きにしたらいい。自分に快適な世界を守りたいのも当たり前だ。でもそれを、その世界に苦しめられてる相手にまで今が正しいんだと呑ませようとするのは最低だ。気持ちはわかるからこそ、それを実行して、正当化してはいけないと思う。

「気に入らないなら怒鳴りつけろ。殴ってきた奴には噛みついてやれ。卑怯者の理屈を内面化するな。飼い犬にならないで、狼のまま生きてくれ」

しばらくの間、ニヒサは呆けたみたいに固まっていて、だけどやがて、その大きな瞳が潤《うる》み、ぽたりぽたりと、涙が零れる。

泣きながら、ニヒサは微笑んだ。

「詩人ね、スバル」

「……狼のくだりは忘れて」

「忘れない」

火照った顔を隠すべくうつむいた。

こんな場面、映画で見たら演出過剰だと小馬鹿にするかもしれない。だけど、現実は時にフィクションよりわざとらしい。

「この世界で、スバルだけが言ってくれる。私のこと、綺麗だって」

涙を拭いながらのニヒサの言葉に、最初はそんなわけないだろと思った。何百万人が言ったと思ってるんだ、と。

だけど、その意味に行き当たる。その上で、やはり俺は首を横に振る。

「俺だけじゃない。直《じき》にみんな言うよ。そんで想像すると思う。異世界でも、ニヒサは気高く、まっすぐ生きてるんだろうなって」

都合のいい、甘ったるい未来を俺は語った。多分そんな奴はごく少数だろうけど、でもそんな映画であってくれと思う。ニヒサが、そんな景色を思い描いて旅立てるような。

他ならぬニヒサ自身が繰り返し拒絶してきた未来像だ。だけどひょっとして、今なら受け入れてもらえるかもと思ったのだ。

それで実際、ニヒサはこれまでみたいな拒絶も嫌悪も示さなかった。その代わり、ひどく難しい顔をした。うれしさと悲しさとが入り混じったようななんとも分類し難い表情に見ている俺も不安にさせられる。

それから苦しげに、膝へ置いた手をきゅっと握って、何か張り裂けそうな表情になって、ニヒサは言う。

「スバル、私、私ね……」

「う、うん」

「好き、大好きぃっ!!」

「……」

「……」

隣の部屋から漏れた愛の言葉が俺たちの会話を遮《さえぎ》った。続いて「俺も」みたいな相槌《あいづち》と、何の音か想像したくない音が壁越しに聞こえてくる。

ここは身分や年齢確認をされずに泊まれるホテル……無人フロントのラブホテルである。

「……編集、スバルの部屋でしましょうか」

ニヒサの言葉に従い、隣り合って取っていた俺の部屋で作業を再開する。こっちの隣は誰も利用してないらしく、さっきのことを頭から追いやれば、隣のニヒサの距離の近さを意識しなければ、どうにか集中することができた。

コンビニのおにぎりとカップ麵《めん》で夕食を済ませ、さらに進めるも流石《さすが》に集中力が切れてきたのでこの日はそこで終わることにした。おそらく、全体の半分くらいだろう。明日には十分、全てを終えられるペースだ。いよいよ全てが終わってしまうのだ。

それから、俺たちはたっぷりと夜ふかしをした。備え付けのゲーム機はオンラインでよりどりみどりの人気作から遊ぶことができ、中には俺が持ってて、ニヒサも実況動画でプレイしていたやつがあって、対戦することにした。

ゲーム実況者もゲームが上手いとは限らないし動画を見る限りニヒサは下手だったと思う。下手だからこそ負けたりミスったりした時のリアクション込みで受けているような。しかしそれもキャラ作りだったことに対戦してすぐ気付かされる。向こうも、感心したような表情になる。

「へぇ……やるじゃない」

「ずーっと家でやってたからな」

勝ったり負けたりを繰り返す。ニヒサは負けず嫌いという印象で、負けるとすぐキャラを変えようステージを変えようと主張し、勝った時は渾身《こんしん》のドヤ顔を見せる。

その後はサブスクで見た映画の解釈について論戦を繰り広げたり、生まれて初めてのジャグジーに浸《つ》かったり――もちろん別々で――ニヒサは聴いてるだけだったけどカラオケで好きな曲を歌ったり、ラブホテルの提供するセックス以外の娯楽を満喫し、ニヒサが部屋に戻ることもなく、その日は遊び疲れて寝てしまった。


「何すかラブホって!?　まさかヤ――」

「ないから、いや、マジで……ない、ないです」

ドアを開けるなり、原にいつかを彷彿《ほうふつ》とさせる剣幕で胸ぐらを掴まれた。失礼な奴だなというには場所が場所なのと、これまでの負い目がデカすぎた。

ホテル三階のパーティールームなる大きめの部屋。ラブホ女子会とかいうのをやったりするんだろうか。一ノ瀬先輩と原はパーティープランでこの部屋を取り、俺とニヒサが訪ねる形だった。

テーブルに人数分の紙コップとジュースのボトル、スナック菓子を並べた様はいかにも健全な高校生の集まりという感じだ。実際は場所も、ここに至る経緯も全然健全ではないのだけど。

映研の二人が俺たちのもとを訪れたのは、逃亡から三日目のことだった。昨日の午後にいよいよ映画は完成を迎え、ニヒサがまだこの世界にいるうちに約束を果たそうと呼び出したのだ。今日から高校は夏休みであり、二人は電車を乗り継いで現地まで来てくれた。

「やあー、大変だったよ。昴くんがニヒサちゃん連れて逃げたってさぁ、学校大騒ぎで、終業式はほぼその話！　ウチらも校長室で事情聴取！　何か知ってたんじゃないかって、失礼しちゃうよねぇ靖幸くん」

「先輩は知ってたじゃないですか」

一ノ瀬先輩はあくまで知らぬ存ぜぬを装ったらしい。まあ実際、ニヒサを匿っていると は聞いていてもそこからの展開には十分びっくりだろう。原に至っては本当に何も知らなかったため、受けた衝撃たるや計り知れない。

「映画撮ってる、ってこのことだったんすね」

「ああ」

「アテナさん心配じゃないか聞いたの馬鹿みたいじゃないっすか。言ってくださいよ。俺だって撮影とか」

坊主頭をボリボリとかきながら原は編集用のパソコンとビデオカメラに、そしてニヒサへと目をやるが、すぐに逸らしてしまう。憧《あこが》れの人に会えた喜び、みたいなものはあまり感じられない様子だった。

自分はニヒサのことをよく知らなかったから、何を思って死のうとしたのか知りたい

——以前に原はそう言っていたが、いざ対面を果たしても彼女に何も言わず、時折ちらちらと視線をやるばかり。ニヒサを見るなり「異世界ってヤバい生き物とかいる？」と遠慮ない様子で聞きまくった一ノ瀬先輩とは対照的だ。

いずれ会わせようとあの日の昼休みから思いつつ、会わせるのを恐れてもいた。特に、ニヒサが原をどう思うかわからない。俺みたいに特殊な関係性を持たず、俺とちがってニヒサのファンだった人間。

作り物のニヒサを愛した世界、ニヒサが憎んでいた世界——その一員だ。

それでも、映画が完成して、ニヒサに二人のことを伝えたら、少し迷う様子は見せたけど、はっきり会うと答えた。とはいえニヒサもニヒサで、自分のファンだったという原を戸惑い気味にチラ見するのを繰り返している。

「はいっ！　じゃ、見よっか！　続きは映画の後！」

俺もどうしたものかと二人の様子をうかがっていると、一ノ瀬先輩が手を叩いて言う。

「もうちょい、待ってもらえません？」

「何かあるの？」

「心の準備が」

「始めます！　待ったなし！」

そんなわけで、いよいよ試写会を始めることになった。ＴＶとＰＣを無線で繋《つな》ぎ、保存してある映像を流せる状態にする。五十インチの画面にカラオケの設備も兼ねたステレオ。それなりに豪華な試写会場ではないか。

カーテンを閉めて明かりを落とすと画面を囲むように椅子を並べて腰掛け、上映を開始する。俺が気分を落ち着けようと深呼吸していたところで、一ノ瀬先輩がリモコンをぶんどってボタンを押した。


あの踏切での入れ替わりに始まるニヒサの三年間の再現映像。

当初はひたすらアテナの体とこの世界に戸惑い、それからやがて馴染み、そして世界に見出されていく。

皆に持て囃され、しかしその裏でしっかりと餌付けしようと、首輪をはめようとしてくる者たちに気づきながら、ニヒサは出来のいい飼い犬としてお手をし、ボールに飛びつき、撫でられて尻尾を振った。

ご主人さまが増えていき、餌は豪華になり、首輪にダイヤが埋め込まれ、キラキラのチェーンが幾重にも絡みつく。喜ぶフリに疲れても、そのおかげでたくさんの野良犬たちが保護されている、幸せになっているはずだと自分に言い聞かせる。

棘付きの首輪と足枷をはめられて、痩せてボロボロの犬に助けてくれと求められて、しかし自分みたいにちゃんと飼われろと言い聞かせた。奴隷であることを誇って、奴隷であれと。

そうしたら、彼は死んだ。

それを知らされて、飼い主たちはニヒサを慰める、寄り添う体を装いながら、彼の死の背景を喧伝するような、立場を危うくするような行いはするなと言い聞かせる。

『大丈夫だよね』『わかるよね』『ニヒサはいい子だから』『信じてるよ』

ニヒサは一人になって、『世界の愛し方を教えて』のポスターに目をやる。自分の吐いた愛の言葉を虚無的な笑顔で口にする。

『この世界が大好き』

それがこの映画のラストカットだった。エンドロールはない。死のように突然に全てが途切れ、暗転する。

映画が終わり、消していた電気を点ける。眩しさに目を細めながら、俺は原に目をやる。

原はしばらく虚脱したみたいな様子で、ようやく映画が終わったと気づいたみたく目をパチパチと瞬かせ、それからニヒサに視線を移すと――

吐いた。

体をくの字に折り曲げ、口を抑えた指の間からびしゃびしゃと胃液が溢れ、絨毯を汚す。

　恐らく皆が呆気に取られていて、初めに動いたのはニヒサだった。テーブルの上の付近を手に取り、原の口や手を拭いてやる。

「あ、ありがとうございます……」

　原が戸惑いながらも礼を言うと、そこからしばらく、二人は無言で見つめ合う。沈黙を破ったのは原の方だった。

「全部、本当なんですか、映画」

「ええ」

　ニヒサの答えに原は表情を歪めた。胃液の跡が残る口を固く結び、それから深く項垂れる。

　また沈黙を挟んで、原は絞り出すみたいな声で言う。

「すいませんでした」

　謝られたニヒサは目を丸くして原を見下ろした。

「なぜ謝るの？」

　ニヒサに問われ、原は顔をあげる。ぽつりぽつりと、実直な言葉が漏れた。

「だって、嫌だったんですよね？　ニヒサさんは別な世界から来てて、好かれなきゃいけないって思って必死にやってんのに、俺は何も考えないで、ホントにそういう人なんだ、天使なんだって、都合いいとか、苦しいんじゃないかとか全然思いもしなかったんで。そういうのがあるからニヒサさんは辞められなかったんじゃないですか。なら、悪いですよ」

「それは……そういう風に私の方から売り出したんだもの。事務所の連中とはちがう。ファン《あなた達》に責任なんかない。私は、嫌だったけど、逆恨みよ」

ニヒサの言う通りだと思う。俺が原なら、ニヒサをいいようにした連中に怒りは感じても、ニヒサに同情はしても、自分がニヒサを持ち上げたことまで罪があるなんて多分思わない。

単純な性格というのもあるだろうが、多分原は、罪の意識を感じるくらい、ニヒサに対して真剣なファンだったのだ。いいファンなのかわからない。厄介なのかもしれないが、そういう原の真っ直ぐさが俺には眩しく見えた。

「私に責める資格なんかない。私が一番最低なのよ。見たでしょう？　言いなりになるのを正しいと思い込んで、あの子にも」

「そんな最低なことしたって、ちゃんと言えるのも演技できるのも凄いです。天使じゃなくてもすげー立派っす、ニヒサさんは」

本当に、心底の気持ちなんだろう。見ていてそう思わされた。

ニヒサは攻撃したいと言っていた。自分を飼い馴らそうとした事務所や親父、自分を愛玩したファン、皆に泥を塗りたがっていたはずだ。

なら、たしかに傷ついている原は、ニヒサの望みを叶えたと言っていいんじゃないか。

だけどいざそんな反応を見せられても、ニヒサはちっともうれしそうじゃない。泣きそうな顔で首を振る。

「私こそ、ごめんなさい」

ニヒサの謝罪に、今度は原が戸惑った表情になる。

「私は自分ごと世界を攻撃できればそれでよかった。それで全部終わりにしたかった。でも、みんなが私の敵じゃない。受け入れてくれる人もいるって、スバルが教えてくれてたのに」

俺と、そして原に目をやる。

「今さら……本当に今さらだけど、終わりにしたくない。今度こそ、自分に正直に生きたい。誰からも好かれたくないなんて投げ出さずに」

その言葉に原は表情をぱっと明るくして、でもすぐに曇らせる。運命はもう待ってくれないのだと。この世界から、ニヒサを連れ去ってしまうのだと。

「終わらせないよ」

俺は割って入るみたいに言うと、ニヒサの瞳を見据えて訴えた。

「俺はニヒサがいなくなったって映画を撮る。アテナにニヒサがどう生きてたか全部教えるし、ニヒサの異世界での映画も撮りたいよ。ニヒサが不自由な世界に負けずに生きていくような話。

ニヒサは、この世界じゃ自分の映画が大ヒットしてる、自分は偉人なんだって思って、負けないように生きて欲しい。

俺も、この映画に誓うから。日和《ひよ》ったら、あの時のアレはどうしたってみんなから叩かれると思う」

この映画は、ニヒサの、そして俺のための映画なんだと。

無意味な誓いなのはわかりきってる。何の拘束力もなく、果たされたかの確認さえできない。

それでもこれが真実だとお互い思えたなら、それがこの映画を撮った最大の意義じゃないだろうか。

俺とニヒサは見つめ合い、多分似たような顔で笑う。原は「殴っていいっすか？」と聞いてきた。

パーティープランの時間がそろそろ終わりに近づくのに気づいて、一ノ瀬先輩が言う。

「ニヒサちゃん、もう一本撮らせてよ。ニヒサちゃんの映画」

異世界病で異世界へ飛ばされた主人公が、自分の世界で滅んでしまった過鞭毛虫がこの世界でも危機に瀕しているのを知り、自らの身体にその力を宿して戦うエコテロリストとなる……一ノ瀬先輩の映画はそういうストーリーらしい。

普通に考えていくら短編でも映画一本撮ってる時間などあるわけもなく、一ノ瀬先輩が持参してきた手製のキグルミに身を包んだニヒサがモデルガンを構えた俺と原を必殺のガトリング刺胞——もちろん実際は何も出ず、俺たちが撃たれたふりをするだけだ——で蜂の巣にする、それだけの映像だった。

文句なしのZ級なのだけど中二の俺が撮ってたようなのとはちがう。体裁を整えるためだけの不純物なんか少しもなく、監督のやりたいことだけで構成した映画。

それに答えるかのように、カメラの前でアドリブの罵声を浴びせてくるニヒサはすごくイキイキして楽しそうだった。

もしもこんな風に異世界を生きられたら、異世界病は幸運でさえあるのかも知れない、なんて思ってしまうくらいに。

それから近所の焼き肉屋で限界まで食って、花火をして、未練タラタラの原を一ノ瀬先輩が引っ張って帰っていく。ニヒサと固い固い握手をして、ニヒサさんの悪口を言う奴は俺が論破するんでと約束して。

「あのさ、ニヒサ」

「何？」

その夜、日付が変わる頃、俺たちはパソコン前に並んで腰掛け、向かい合っていた。二人が帰った後、改めて映像に修正を加え、俺達の映画『世界の憎み方を教えて』は、もはやアップロードするだけとなった。

ならさっさとしてしまえと言われそうだし、俺もそうすべきだと思う。ニヒサがこの世界にいるうちに、あの二人以外にも俺たちの映画を公開して、一人でも多くの反応を見せてやるべきなんだと。

なのに俺はここに来てビビっていた。やっぱりボロクソに叩かれて、それがニヒサのこの世界最後の記憶になるのが怖いというのもあるが、公開したらいよいよ本当にやることがなくなってしまう、終わりまでの時間を過ごすのが怖いのだ、きっと。

「映画の、考えてるネタあんだけど、ちょっと聞いてもらっていいかな？」

こんな話を今さら言い出したのはもちろん時間稼ぎのためだ。

いよいよやることがなくなったその日の夜、ニヒサと二人っきりの俺は恐怖でいっぱいだった。だってもう、明日か明後日には多分お別れなのだ。終わりまでの時間であることに嫌でも心が囚われる。

俺はそんな思いを振り払うように、暗い顔をニヒサに見せてはならないと、映画の話をすることにした。ニヒサと暮らす中で考えるようになった、ニヒサに演じて欲しかったアイディアを聞かせて意見をもらう。あるいはアテナが帰ってきたらこんな映画に出てほしい、だとか。

「ええ、聞かせて」

逃げなのが見え見えのあまりにも情けない行動で、ニヒサには叱られそうな気がしていたが、ニヒサは何故だか異様に優しく、俺の惰弱さを咎めもせずに付き合ってくれた。そこは叱って欲しい。

さらに情けないことに、せっかく付き合ってもらっておきながら俺は全然自分の話やニヒサの返答に集中できず、もっとあったはずのアイディアも思い出せなくなる。

無理をしているのはニヒサにも明らかだっただろうし、俺だってあっという間に引き出しが空になる。他に何か他愛のないことを言おうとしても、すぐさま恐怖に押しつぶされ、口にする気が失せてしまう。

はあ……と長い溜息をついてから言う。

「映画、あげるか」

本当にどうかと思う。

しかし、ニヒサは反応を見せない。何やら固い表情のまま、じっと動かないでいる。

「ニヒサ?」

考え込んでいて聞こえなかったのか、ニヒサも俺と同じように最後であることを恐れてたりするのか、そう思いながら見ていると口を開き、言葉を発する。

「スバル」

「うん」

「好きよ」

「えっ」

「好き」

「……」

その瞬間、時が止まったみたいに感じた。あるいは世界から他の全てが消えたみたいに。

「この世界で、ううん、前の世界も含めて……スバルのことを誰より一番愛してる……聞いてる？」

「聞いてる、けど」

言葉を呑み込むのに時間がかかっていた。シンプルな言葉なのだが、ニヒサから言われたということが、俺には巨大で複雑だった。

ニヒサが、俺を好き？

「……恋愛、的に？」

「じゃなきゃ言わないわよ」

涼し気な顔で答えるニヒサ。あまりにあっけらかんとしていて本当に本気なのかと思ってしまいそうだが、そうなんだろう。ニヒサはそういう人間だ。

本当に、ニヒサが俺を好き。

「あなたが私をどう思ってても構わない。ただ言っておきたかったの。別に答えてくれとは言わないわ」

「いや答える、答えるからっ」

ちょっとタンマ、という感じに掌を突き出して言った。

椅子に座り直して、改めて彼女を、俺を愛していると言ってくれたニヒサを見つめる。

こんな時だというのに、頭をよぎるのはアテナのことだった。

ニヒサの体のもとの持ち主で間もなく帰ってくる、初めて撮りたいと思った相手。

あの踏切で遭遇するまでは、俺はアテナと同じ顔で全くちがう振る舞いをするニヒサを、一方的に疎んでいた。

あの時から、全てが変わった。世界に媚びるのをやめたニヒサはアテナと被るのか。アテナの顔を借りるのに相応しいのか。

ちがう。

「俺も、俺もニヒサが好きだよ」

アテナとちがって陰湿で、苛烈で、変に潔癖で、豪胆で、別に優しくもない。

そんなニヒサに俺は夢中だった。アテナの顔に浮かぶアテナではきっと作れない表情をずっと見ていたかった。

愛とは何か、恋とは何か。俺にはよくわからない。

だけど、俺の中には好きってことの揺るぎない指標があって、その指標ならニヒサはナンバーワンにちがいなかった。

「今まで出会った誰より、ニヒサを撮り続けたい」

ニヒサの怒りを。笑顔を。涙を。落胆を。

飯を食うところを。走るところを。自転車を漕ぐところを。泳ぐところを。

雄弁も、沈黙も、美徳も、醜悪さも。

全て撮りたい。撮り足りない。それが叶わないのが、本当につらい。

「……………うれしい」

ニヒサは本当にうれしそうに顔を綻《ほころ》ばせる。そっちもちょっとは赤くなるとかしてくれ。

そこから無言の時間が少し続いたが、そのうちどこからか、あの声が聞こえてきた。あの声とはつまりまあ、嬌声《きょうせい》である。

気まずくなって、俺はニヒサから目を逸らした。両思いになれた俺たちだけど、そこでこのBGMはよくない。間違いが起きてしまうんじゃないか、そんな不安を抱かせるには十分だった。

俺たちが普通の恋人同士なら、別に間違いではないのかも知れない。だけど俺たちには絶対に許されない。

だって、もうすぐアテナが帰ってくる体なのだ。流石にそれはダメだろう。それは。

「ねえ、スバル」

そんな空気の中でなので、ただ名前を呼ばれただけでひどく焦った。

「私、思い出が欲しいって言ったじゃない？」

「い、言ったけど」

ちゃんと憶えているし、この数日はそのためにあったと言ってもいい。しかし、この雰囲気でそのワードはいよいよ危険にしか思えなかった。欲しいか欲しくないかと言われたら俺も欲しいけど、でも――

「ごめんなさい。思い出にはできない」

「……できない？」

意味を図りかねる言葉に半分パニクっていた状態から少し冷静になる。できないってどういうことだ。

「ずっと……隠していたことがあるの」

「……何？」

今度は、さっきの告白よりもはるかに長い溜めを要した。それが頷けるほどに、ニヒサは恐ろしいことを口にしたのだ。

たった今思いを告げあった二人、間もなく世界に引き裂かれる恋人同士――そのはずだった俺たちの関係を、決定的に変質させてしまうくらいに。

ニヒサとセックスしていた。

キングサイズのベッドを揺らして、一糸まとわぬ姿のニヒサに馬乗りになって腰を振る。ニヒサは淫《みだ》らに喘《あえ》ぎながら時折愛の言葉を囁いて、俺もそれに答える。

「ねえ、こっち見て……スバル」

ニヒサに求められ、彼女の顔を見ようと視線を下げる。愛《いと》しい恋人の顔が目に入るはずだった。しかしそこにあるものを見て、一転怖気《おじけ》に襲われる。

「ウチよりニヒサがいいんだ」

アテナだった。

一見、同じ顔だ。だけど一目でわかった。中学時代に散々見た、鋭いのにどこか弱さ卑屈さのある表情で、アテナが俺に語りかける。

「ウチ邪魔だもんね？　ニヒサが自由に生きるためならウチの体はどうなってもいいんだ

もんね」

飛び起きて、夢だったことを認識すると心底安堵した。俺はちゃんと服を着ていたし、昨夜、あれから寝るまでのことはちゃんと憶えている。ニヒサとセックスなんかしていない。

とはいえ、最悪の気分は晴れなかった。

「おはよう、スバル」

ベッド脇の椅子とテーブルでニヒサがサンドイッチを頬張《ほおば》っている。昨夜のような愛しさは湧いてくる気配がない。

「夢だったり……しないよな?」

「……現実よ、全部」

その言葉に、俺はまた絶望的な気持ちに襲われるのだった。昨日の夜までは、いずれ訪れるニヒサとの別れを恐れていた。今は逆だ。ニヒサとは決して別れられない。そのことが深い穴の底にいるような気持ちにさせる。

それはつまり。

『治るっていうのは嘘。アテナは帰ってこないわ』

昨夜、ニヒサはそう切り出した。

『この先も。私は死ぬまで、この世界で生きていく』

ニヒサは何に苦しんできたのか。何故世界を愛せなかったのか。

その全てを、今や俺は知っていた。

そしてそんな中で、ニヒサがこの世界を愛するために、自由にワガママに生きていくために、この翌日、俺たちは『世界の憎み方を教えて』を公開した。

Chapter.4　Change the World

「前にねぇ、断られた会社から、あれあったんですよ、そうあれ、電話！　あの～、人事？　の人がね、見たって、映画、んで、前は異世界人だからって採るのやめてごめんっつってて、採ってくれるって。

あの子らのおかげっすね。マジ感謝してます」――亞散木耶磊々（旭川市《あさひかわし》、戸籍名：矢澤香苗《やざわかなえ》）

「おじちゃまもルアにいじわるしたこと謝ってくれたの。ニヒサちゃまの映画見て、すっごく優しくなったなの。言いたいこと言えるようになったなの。ニヒサちゃまのおかげなの」――星病みのルア（名古屋市、戸籍名：坂井悠太郎《さかいゆうたろう》）

「今は、好き、世界、こっち。なりたい、ニヒサ、みたい。

神様、ニヒサ」——クァン＝アスアヒム（江戸川区、戸籍名：結城《ゆうき》まどか）

三人の異世界人たちが口々に有沢ニヒサへ感謝し、称えた。

続いて彼らの他にも何百何千と寄せられた、全国の異世界人からの声が紹介される。

家族と和解できた、ミャヌビンドゥルマへの供物を許されるようになった、異世界の話を聞かせてと言われた——総じて、周りが優しくなった。それを彼らは有沢ニヒサのおかげだと言う。

ニヒサと、彼女主演の映画『世界の憎み方を教えて』が彼らの世界を変えたんだと。

「困るわ、そんなこと言われても」

俺の向かいに座ったニヒサは、モニターの映像が終わるとすぐさま網の上の肉へ視線を移す。

場所は人気の個室焼肉店、俺たちを取り囲むようにカメラとマイクがセットされ、食事風景や交わす言葉を余すところなく捉えている。

都内某局のトーク番組、その収録に俺たちは参加していた。

もう今さらだけど、幻滅する人は多いだろうな、と目の前のニヒサに思う。

トレードマークだった黒髪を赤く染め、目がチカチカするような柄の服に身を包み、ファンの声にも塩対応――「あの」有沢ニヒサと同一人物とは思えない。それこそ、異世界病で入れ替わってしまったみたいに。

「俺はまあ、普通にうれしいけどな。自分の映画があんな風に言われたらさ」

「よかったとかクソとかはいいけど、あなたのおかげ、みたいのは嫌よ。私、彼らのために演技したわけじゃない、ぶっちゃけどうでもよかったもの、他の異世界人なんて。たまたま上手く行っただけ」

印象を考えてフォローしようとする俺に、ニヒサは変わらぬ口ぶりで返した。岩塩を少しつけた特上ハラミを口へ運ぶと今日一番の笑顔を見せる。

「どっちも大事なことだよ。ニヒサさんのストイックさも、昴の真っ当に反応を気にするところも。

そんな二人だから撮れた映画だと思うよ」

俺の隣に座った壮年の男が笑いながら言った。

前分けの髪に細いフレームの眼鏡、年相応の脂っぽさが感じられない、顔立ちから何から端整な男だった。

薪山壮一。映画監督として四半世紀以上のキャリアを持ち、ドラマ『世界の愛し方を教えて』の大ヒットによって名実共に日本を代表するクリエイターとなった……はずだった。

それがぶち壊しになったのがちょうど一年前の夏、壊したのは俺たちだ。

ドキュメンタリー映画『世界の憎み方を教えて』は有沢ニヒサの三年間、主に芸能活動とその裏側を描いたものだった。特に代表作『世界の愛し方を教えて』が少年を自殺に追いやり、にも拘わらず関係者がそれを隠そうとしたことについては事実であることがわかると非難は苛烈を極めた。

同作は多くの配信サイトで公開停止、受賞確実と言われていた海外の賞の候補からも外された。薪山が携わったいくつかの作品は公開延期となり、クレジットから彼の名前が削除されるなどした。

父に大ダメージを与える映画を撮った息子、飼い犬の身で差し出された手を噛みちぎった異世界人の小娘。そんな二人を前に、薪山壮一は以前と変わらない爽やかさで、いい大人として振る舞っている。

俺たちと親父がこうした関係になったのは、ここ最近のこと……ではない。映画を公開した直後からだ。

親父の対応は早かった。当時のニヒサの所属事務所があれこれと言い訳を重ねていたのに対し、親父は映画で描かれている内容を全面的に認めた。ニヒサと、都内の寺院に無縁仏として埋葬されていた異世界人少年の墓前で、地面に頭を擦り付けて謝罪したのだ。

そうして、映画を祭り上げた。この映画には真実が描かれている。自分を筆頭にこの世界の大人たちの罪が暴かれている。どうか皆さんこれを見て、自分たちの醜さを知ってほしいと。

結果、俺たちの映画は思っていた以上の注目と、思いもしなかった評価を勝ち得ることとなったのだった。

世界を全肯定してくれる理想の異世界人として祭り上げられてきた、ニヒサの裏側。助けを求めてきた少年への裏切りには嫌いになったという声もないではなかった。だけどそれ以上に共感の声が大きかった。

被害者だったはずの人間が世界の都合を内面化して加害者へと成り果てる弱さは、きっと誰もがどこかに持っている。似たような行為を恐らく誰もが日々繰り返している。そんな風に駆り立ててくる世界の息苦しさをこれ以上なく活写している——と。

ニヒサにはそれまでのヘイトから一転、異世界人以上にネイティブからの同情の声が集まった——その後の当人の歯に衣着せぬ振る舞いでだいぶ霧消してしまったけど——し、築いた地位をかなぐり捨てて自分の恥部をさらけ出す高潔さは、ネイティブに媚びを売る裏切り者なんて呼ぶ者も少なくなかったという異世界人からも敬意を表する声が多かった。

著名な映画人やライター、評論家に海外のクリエイターも賞賛を惜しまない。

「いくらなんでも持ち上げすぎだよ」

この一年辟易するほど浴びせられた惹句の数々を思い返し、俺は断言する。

注目を集めたのもそうだが、あの映画には踏み台になってくれる要素が多かった。ニヒサのスキャンダルだったり、空前の大ヒットドラマの存在だったり。ドキュメンタリーだから当然かもしれないが現実の文脈におんぶにだっこだ。

「俺とニヒサだけとか野外ロケできないとかあっても、絶対もっとやりようあったと今は思うし」

「下手だなんてみんなわかってるよ」

親父がタンステーキをこちらに寄越しながら言う。物心ついてからこれまで向けられた覚えのない、いかにも父親らしい眼差しだった。

「世界一上手い映画が世界一の名画なわけじゃない。魂だよ魂。技巧があっても魂が抜けてたらもうつまんない。俺がまさにそうだったろ？

下手くそでも魂があったから伝わった。魂が世界を変えたんだよ」

面白くないことに、この親父こそが映画の高評価の最大要因だろうと思っている。映画で悪役になったのもそうだが、当人が現実においてもそれにお墨付きを与えた。あの映画は正しいと。

何でそこまでしたのか。自分に泥を塗る映画だろうに。

映画が跳ねようがコケようが明るみに出た事実は否定できず自分への非難も避けられない、なら率先して泥を被りダメージを減らそうとしたのか。

あるいは普通に、息子を成功させたいという親心が親父にもあったのか。

本人が語るところでは、ただ「目が覚めた」のだという。人間としても、クリエイターとしても。

売れる映画を目指す内に、自分は若い頃に持っていた世界への憤りを、苦しむ人への共感を失っていた。それをあの映画が思い出させたのだと。

「魂がこもってたからニヒサさんの指針になったし、お前だって今こうしてるんだろ？俺が失《な》くしたものだよ、いいよなあ若いって」

羨《うら》ましげに目を細め、俺たちを見つめる。

たしかに、あの映画は俺たちの生活を大きく変えた。

ニヒサは当時の所属事務所を退所したがすぐに他所《よそ》からのオファーが来た。ウチでやっていきませんか、と。

以前のような売り方はこちらも強要しない。ありのままのあなたでいいから、と。

そうして芸能界に復帰したニヒサは、今のような派手などこか子役時代のアテナも彷彿とさせるキャラで活動している。アンチも多いがこれはこれで一定のポジションを勝ち得ていて、そして役者としての演技力は健在だ。

以前ではあり得なかったような退廃的、攻撃的なキャラクターを中心に演じ、高い評価を得ている。逆にそんな役の話ばかり来るから飽きてきた、と贅沢《ぜいたく》な悩みを口にするくらいに。

俺にまで映像の仕事が舞い込んだのはびっくりだった。当然話題先行なんだろうし、実際提案される企画の多くは、映画の内容からの連想かいわゆるマイノリティだとかの、弱者の窮状にスポットを当てたものが多かった。

俺はニヒサのことがなきゃ異世界人への関心なんてなかったろうし、それ以外の社会問題なんかなおさらで、受けていいんだか迷ったけど、やることにした。

知識がないなら勉強すればいい。関心の持てるモチーフに出会うまで。

まとまらずにボツになったりクライアントの事情でポシャったりすることも多いし、高校に通いながら、しかも今は受験生なため精力的に発表とはいかないが、作り続けている。

対物性愛を描いたオムニバス映画の内の一編、イジメをテーマにしたショートドラマ、地下アイドルのMV。下手くそさを実感させられるしこんなんで金もらっていいのかって気にもなるけど、もう撮らなくなるのはごめんだった。

だから充実している。ニヒサとあの踏み切りで出会う前の、腐ってるだけだった時期よりはずっと。

番組の収録が終わりに近づき、この番組の恒例として、〆にゲストがそれぞれ今後の抱負を語るコーナーとなる。

「若い二人を見習って、魂のある作品をもう一度作っていきます。本当に息子に憧れてもらえる映画監督になるのが、今の夢ですね」

最初に宣言した親父の言葉を、俺は落ち着かない気持ちで聞いていた。この一年、薪山壮一は急に父親をするようになった。俺のせいで仕事が激減したのもあるだろうが、家にいるようになったし、俺の映像の仕事にもあれこれ口を出してくるように。

助かる部分もある、特に映像への指摘は流石に的確なのだけど、そんな親父を俺はイマイチ信用できない。気持ち悪いとさえ思っている。本当に昔のような作風に戻ろうと、俺がこの男を尊敬するようになるとは思えない。

ただそれでも父親じゃない、昔のような薪山映画が見られるなら、うれしくないと言えば嘘になる。

「スバルが撮りたくなるような自分でいる」

ニヒサはカメラよりもこちらを見て語った。親父が茶化すように俺の肩を叩く。

この一年、ニヒサは多くの作品に出演し俺もいくつかの仕事を受けたけど、俺たちが一緒に仕事をしたことはない。

この流れはまあ、そういうことを言わなきゃいけないのだろう。

「ニヒサを撮れる自分になります。もっと勉強して経験積んで引き出し増やして、企画も練りに練って、傑作が撮れるって思えた時、ニヒサにオファーします」

そう語る俺をニヒサは黙って見つめ、親父はまた俺の肩に手を置いて、励ますように言う。

「がんばんなきゃな、アテナさんの分も。二人のこと、見守っててくれるはずだから」

一番受けるだろう台詞を一番カメラ映りのいい角度で吐く。ベテラン俳優顔負けの親父のロールで、この日の収録は終了した。

『アテナの分も』とはどういうことか。『見守っててくれる』とはどういうことか。

こういった言い回しから想起されるだろう内容で合っている。

一年前、あの千葉のラブホテルでニヒサは全てを語った。

・・・

『アテナは死んだわ。私の世界で』

ニヒサが吐いたのは、告白からの流れで浮かれていた俺の頭を一瞬で冷ますような言葉。

しばらく意味がわからなかった。

死んだ？　どういうことだ？

「治るって」

「ごめんなさい、あれは嘘、最初から」

ニヒサはさらりと、しかし重たい口調で告げた。冗談で口にしているなら殴ってしまうような話で、だからこそ俺とニヒサの関係にかけて、本気で言っているにちがいなかった。

「いや、何でわかるんだよ。死んだとか」

異世界病は入れ替わった瞬間から互いの世界の情報はシャットアウトされるはずだ。向こうの世界の体がどうなってるかなんてわからないはずだ。それなのに、アテナは自分の世界で死んだなんて言えるのは一体どういうわけなのか。

病気か何かか、と俺は思った。アテナは絶対に助からないと言い切れる状況に、前の世界のニヒサはあったのか、と。

その推測は半分は当たっていて、だけど真相は輪をかけて最悪だった。

「全部、私のせいなの」

すでに聞かされていたニヒサの異世界での人生。あれには続きがあったという。

「父が靴を舐めるのを見てからは私も逆らわないことにしたわ。学校では家格が上の子の腰巾着《こしぎんちゃく》、父や兄と上流階級のパーティーに出席して、今までの無礼を必死に詫びた」

それだけだと前に聞いた話とそう変わらない行動に思える。ただ一つちがうのは、ニヒサの心が本当に折れていたか、折れたフリをしていただけか。

「殴って勝てる相手じゃないってわかったからね。チャンスをうかがおうとしたのよ、向こうが、私をナメきって、敵だったのを忘れるくらいに。

そうすれば弱みを晒す時が来る。その子の父親の喉《のど》に牙の届く瞬間が来るって」

祈りは通じたらしい。その時は訪れた。

銀行の頭取の娘がニヒサの前で口を滑らせたのだ。取り巻きとの会話の中で、ニヒサもいる前で父親の汚職に繋がる情報を零したのだ。

聞こえていないフリをしながらニヒサはその情報をもとに探偵に調査を依頼し、摑んだ証拠を新聞社へ持ち込んだ。

結果、大々的に報道され、向こうの父親を始め市長に議員、政府の大物までもが逮捕された。

ニヒサは最初喝采《かっさい》をあげた。悪者を倒した。家族は奴らの奴隷同然の身分から解放された。誇りは守られたのだと。

ニヒサは考えもしなかった。もともと嫌われていた新参の会社が、社長の娘の行動によって最大手の融資先に大打撃を与えたらその後どんな立場に置かれるか。

その銀行はもちろん、他からの融資も次々に打ち切られ、取引先にも圧力がかかり、事業は立ち行かなくなった。父は法外な業者からの借金を重ね、会社も土地も家財道具も売り払うこととなった。

父と兄は劣悪な環境の工場で働き、元ブルジョアなのを知られると周囲からの激しい嫌がらせに遭った。母親も昔の職場で雇ってもらえず、娼館《しょうかん》で体を売るようになった。

最期は、刺されたのだという。食べ物を奪い合っている時にナイフで。

人気のない場所に生きたまま捨てられて、さらに何度も何度も刺された。

意識が遠のいていく中、ニヒサは誓った——生まれ変われたら、もう絶対に強い者には逆らいません。いつもニコニコして、好かれることを第一に生きていきます。


「それで気づいたら、あの踏切にいたの」

部屋の椅子に腰掛けたまま、ニヒサの物語はこの世界へと舞台を移す。

異世界病という現象がこの世界にはあること、異世界に転移した発症者の人格も向こうの世界の体で同じだけの年月を過ごすと知らされて、自分の体に転移したアテナは助からなかっただろうと悟った。

アテナのことは言えないまま、ニヒサは芸能界デビューした。

「贖罪なんだって思ってた。家族を壊したこと、アテナを巻き込んで殺したこと。私があんな生き方をしなきゃこうはならなかったはずだから。

異世界人のイメージアップに貢献しなさいって言われた時も、やっぱりこれが正しいんだ、この生き方が皆のためなんだって」

……たしかに、色々と説明がついてしまう話だった。戻れる世界があるはずなのにそんな希望を感じさせない捨て鉢さや、何の愛着もないこの世界でも媚びに必死だったことの背景として。

だけどそういう納得や、悪趣味過ぎる運命への憤り以上に、俺が真っ先に抱いたのはある疑問だった。この数日の逃避行はその嘘から始まるのだ。

「何で病気が治るとか言ったんだよ。もとから白状する気だったのか？」

ニヒサは首を横に振る。

本来は、ずっと嘘をつくつもりだったという。それはつまり。

「有沢アテナとして生きていこうって」

「何で」

答えは、『世界の憎み方を教えて』を成功させるため。

ニヒサは言う。きっと今のままでは、原みたいな反応が多数派なんてことはないだろう。自分の行動や、高校生のガキが撮った映画で説教されることへの反発が勝るだろう。

俺だってわかってたし、少なくとも頭の中ではそんなの覚悟の上だと思っていた。だけどニヒサはある意味俺より映画の成功に真剣で、だから手立てを考えた。

それが、アテナを演じること。

ニヒサの行動の一番の被害者と言える、危うく帰れなくなるところだったアテナが、自分自身異世界に飛ばされた者としてニヒサや異世界人の苦しみに共感し、ニヒサを許し、この映画を持ち上げる。

その美しさが、この映画は正しいんだ、肯定すべきなんだというムーブメントを起こすかも知れない。それに賭けての行動だった、と。

「ふざけんなよっ」

思わず叫んでいた。

アテナを何だと思っている。都合のいいお人形か。死んでりゃいいってのか。

俺の前ですらアテナを演じ続けるつもりだったなんて、俺が騙されると思ってるのか、馬鹿にしてるのか。

それに、もしも、もしも俺も世間の目も節穴で、目論見通り映画が大成功して、全てが思い通りに運んだとしても。

「あんたそれでいいのかよ。アテナのフリ？　一生？　そんなの……」

いいと思っていた。そのつもりだった、とニヒサは答えた。

「私は、逃げることが一番大事だから。スバルが希望を持たせようとするたび、生きてていいって言ってくれるたび、私はそんなの許されないって思って、あなたに絆されるのが怖くて、あなたからも逃げた。映画が成功すれば、あの子みたいな人がこれ以上生まれるのを防げる……そういう大義名分に縋って、罪悪感から、自分の人生から逃げて、他人《アテナ》として生きようって……でも」

もう、俺に嘘はつけなくなった。だから全てを明かした、と。

「許してくれなくていい……だから、信じてほしい。これが私の全部。スバル。アテナを殺して、騙していて、騙そうとして、本当にごめんなさい」

ニヒサは顔をぐしゃぐしゃにして俺に詫びた。

その日は最悪な夢を見て、起きてからも、ニヒサを前みたいな目で見る気にはなかなかなれなかった。

それでも、ニヒサが本来の、アテナとしての人生を送るなんてのよりマシなのは言うまでもなくて、思い留まらせたのは、ニヒサに逃げ続けることをやめさせたのは、この映画を撮ったことの一つの成果だ。そう、自分に言い聞かせた。

俺たちは映画に先立って会見を開き、そこでニヒサの口からアテナの死が語られた。証拠というには心もとないが、あの自殺未遂の日、ニヒサが首を吊る前に持っていた遺書も添えて。濡れてぐしゃぐしゃのルーズリーフには、ニヒサが語ったのとほぼ同じ内容が綴られていた。ニヒサはあの日の時点でアテナの死を明かすつもりだったのだと。

集まっていたマスコミは大きくどよめき、ニヒサにぶつけられたのはいくらかの同情に轟々たる非難、そして疑念だった。後者は、俺に対しても。

記者が矢継ぎ早に俺に問う。

まず、ニヒサの話を全部信じているのか。自殺未遂の時点でアテナが死んだと言っていたとして、それは証拠と言うには程遠いだろうと。

そして、仮に全部本当だったとして、許せるのか。アテナを殺してこの世界に現れた彼女がアテナの体を独占し続けることを。

俺はこう答えた。

「少なくともニヒサは本気で言ってると思います。どういう状況で死んだのか、とにかく根掘り葉掘り聞きました。嘘ついてる感じじゃなかった。

それに、アテナがマジで死んでるとしても、ニヒサのせいじゃない。当たり前です。悪いのは神様です。

今この世界にいるニヒサには、死ぬまで自由に、自分らしく生きてって欲しい。映画を撮ってる時もこれからも変わりません」

そう宣言してから早くも一年が過ぎた。

偽アテナに肯定してもらうこともせず、ただそのまま、失笑と生温かい擁護と本気の罵倒を浴びせられて終わり、も覚悟していた俺たちの映画は、親父の力で思いもよらない成功を遂げ、今に至っている。

親父のおかげってのは癪だけど、今のニヒサの姿を見ていると映画を撮ったこともあの宣言も間違ってなかったんだなと思わされる。

そう、何も間違っちゃいない。

間違ってるのは俺だけだ。

・・・

「あの話、本当？　私を撮るって」

収録が終わってスタッフは機材等の片付け、出演者《おれたち》は帰り支度をしている間、店のトイレを出たところでニヒサに聞かれた。

「本当だよ」

「嘘でしょ」

「う、嘘じゃねえよ」

ずいぶん上滑りした口調になったと思う。俺はニヒサに嘘をつけない。

いや、まるきり嘘ってわけじゃない。ニヒサ主演の企画を考えてみたことはある。ただ、ただ俺が実際にそれで撮る気があるかと言えば。

企画の良《よ》し悪《あ》しじゃ技量の問題じゃない。

俺は、ニヒサを撮る気になれない。

ニヒサは今や自分らしく生きてるのに、日々輝きを増すのが見ていてわかるのに。

「私はスバルに撮られたい。いつだって、誰よりも」

一年前の、底なしの穴みたいな瞳ではない。射貫くように差し込む光が宿っていた。その光から、俺は目を背ける。

俺にその資格はないよ――胸の内でだけ答えると、俺は逃げるように親父と店を出たのだった。

・・・

「本当に付き合ってないんですか？」

「ない」

一年生の問いかけを俺は秒で否定する。向こうは「え〜」っと不服そうな声。依然納得がいっていない様子だった。このやり取り、もう何度目だ。

何の話かと言えば、俺とニヒサの関係について。部の連中に限らずこの手の詮索《せんさく》はこの一年もう慣れっこだった。多分ニヒサもだろう。共同生活を送り、映画を撮った若い男女。そりゃまあそういう目で見る奴もいる。下世話な憶測も散々目にした。

「隠してるんじゃなくて?」「誰にも言いませんから」

「そういうんじゃねえから。同志だから、灰村先輩とニヒサさんは」

二年の副部長・原がそう言って一年を黙らせた。こいつもこいつで俺たちの関係を何か神聖視している節がある。

「やぁ〜賑やかになったねえ。部室狭くない?」

「狭いっす」

入り口から眺めていた一ノ瀬先輩が部室を見渡し、感慨深げに漏らした。

何せ、今年の映研は部員が十二人。十人は一年生だ。現在は大学で映像制作を学ぶ一ノ瀬先輩は、自分がいた頃とうってかわった部の様子に目を丸くした。

生徒会の規定にある部員の最低人数を三年連続で下回り、上映会の観客動員数は毎回一桁、予算と時間をダラダラ浪費するだけの、廃部秒読みの部というのが、我が映画研究部だったはずだ。

それが、今年の部員獲得数は文化部で最多。入部動機は異口同音に「『世界の憎み方を教えて』を撮った人がいるから」。全員がやる気に溢《あふ》れ、学生映画祭での入賞を目指している。個人的には部活くらいダラダラ映画やアニメを見ていたかった気もするし一年が何かと持ち上げてくるのは勘弁して欲しいが、部活の乏《とぼ》しい予算と技術で映画を撮るのも、これはこれで面白いと思うことも多かった。

そんな日々も、今日で終わり。

「んじゃ、会場で待ってるね～」

一ノ瀬先輩が手をひらひらさせながら部室を出ていく。

この日は文化祭で、これから作品上映が控《ひか》えている。去年までの会場はこの部室で客も五人やそこらだったのが、今年は体育館を与えられている。もう少ししたら機材と共に会場へ移動しようというところだ。

いよいよ本番と思うと、相応の緊張感に襲われた。生徒や来校者相手の上映は仕事を評価されるのとはまたちがった怖さがあるし、それに上映終了後にもう一つ、むしろそっちがメインではないかというイベントも控えていて、想像すると心臓がバクバクいう。

……そうは思いつつも、何だかんだ、細かいミスはあるとしても、これまでやってきた通りに何とかなるだろう。この時はそう思っていた。

『俺たちが主役とか俺だって見たくないよ！　俺たちは隅っこにいるべきなの!!』

ステージに降ろされた三百インチのスクリーンに映し出されるのは、生徒のヒエラルキーが校則で定められた学校で最底辺の二人が革命を目論む映画。映研での最初で最後の灰村昴監督作品。

予算不足故のハリボテ感や演技の拙《つたな》さは否めないが、我ながら上手くなったなと思う。この一年曲がりなりにもプロとして仕事をしてきて、『世界の憎み方を教えて』なんかよりはずっとちゃんとした映画が撮れるようになった。不相応なネームバリューやこの後のイベントに釣られたと思しき観客もちゃんと集中させられている。一ノ瀬先輩は最前列で船漕いでたけど。

伏線は回収され、因縁には決着がつき、革命は成就する。

簡単なエンドロールが流れ会場が明るくなると、万雷とは言わないがそれなりの拍手に包まれる。それもやむ頃、進行役の実行委員の声が会場に響いた。

『続いては、きっと皆さんお待ちかねのトークイベント!!　ただ今ご覧いただいた映画の監督である映画研究部部長・灰村昴、そして、誰もが知るスター・有沢ニヒサさんの対談です』

名前が呼ばれ、最前列にマネージャーを伴って座っていたニヒサが立ち上がるとそれだけで会場が沸き立つ。

今年の文化祭最大のイベントがこのトークショーだった。もとは去年の実行委員が考えていた企画だが、今年になって再び提案され、俺は断りたかったが原が勝手に連絡、ニヒサは二つ返事でOKしたためにこうして開催の運びとなったのだった。

共にマイクを手に登壇し、少し距離を置いて向き合う。

『今日はよろしく、スバル』

親しげに、しかしどこか挑発的に、ニヒサは呼びかけてきた。

直接の対面はあの番組以来、相変わらず派手な髪とオーダーメイドの悪趣味な服を着ている。

イベントはお互いの簡単な挨拶《あいさつ》に始まり、滞りなく進んだ。

まずはニヒサが映画の感想を述べた。褒め三割ダメ出し七割くらいの、一緒に撮ってた頃に比べはるかに手厳しいもので、ステージ上でグサグサ痛いところを突かれるのに、俺はどこか安心してしまう。

会場からの質問も、概ね問題なかった。恋愛関係の質問はなしでと事前に言ってあったし、撮影中のエピソードだとか休みの日何をしてるかだとか、普通に答えて問題ないようなものばかり。ニヒサは人生相談みたいなのに対しても「知らないわ。自分で決めて」で終わらせていて、よくもまあこんなんでファンがいるなと思わされる。

とはいえそれで空気が悪くなることもないまま終了時間が近づき、俺は内心ほっとしていた。

『それじゃあ最後、灰村くんとニヒサさん、お互い何かありますか？』

実行委員が尋ねる。

きっと何の気なしに発した言葉だったのだろう。だけど俺はその時、何だか嫌な予感がした。無事には終わりそうにない予感が。

いや、こんなの、お互いがんばっていこうとか言っとけばそれでいいんだ。な、ニヒサ……とおどおどした感じで、目の前の彼女に視線をやる。

『一つあるわ』

ニヒサが応じる。

残念なことに、俺の好きな有沢ニヒサはそうやって空気を読んでくれる人間ではなかった。

『どうして私を撮ってくれないの？』

俺の頭に浮かんだ言葉は、何でここで聞くんだよ、ではなく本当に聞きやがった、だった。

これまでの流れ、和やかな空気を無視した発言。見てる連中は一体何の話かと思っているだろう。少しは空気を読んで欲しい。

だけど多分ニヒサは、敢えてここで聞いたんだろう。大勢の目撃者が出るように。俺が適当にごまかして逃げられないように。

『いや、撮る気あるって』

引きつった笑み、上ずった声で返す。

俺がまず試みたのは、この期に及んでもごまかすことだった。とりあえず当たり障りないことを言ってこの場を収めようとした。

『言ったじゃん、時期じゃないって。もっと練って、俺も成長してから』

『嘘よ』

キィン——と嫌な音を会場に響かせて、やはりニヒサは俺のごまかしを喝破する。

『本当に考えてるなら、あなたは私に言う。「こんなネタがあるんだけどどうかな?」「ニヒサはこういう話どう思う?」って』

『…………』

そういやそうだな、と思わず感心してしまった。

たしかに、俺が本気でニヒサ主演の映画を考えるならどんな些細《ささい》な思いつきでもニヒサに聞いて意見を仰いでいただろう。『世界の憎み方を教えて』はそうやって撮ったのだ。

いや、ニヒサが出ない映画であろうとそんな調子で、自分で考えろとニヒサに叱《しか》られていたんじゃないかと思う。

俺がニヒサを、以前と変わらず純粋に愛せていたなら。

『世界の憎み方を教えて』の公開後、俺はそれを一切しなかった。ニヒサと話す時も出演作品への感想だとか近況を尋ねるとかニヒサの方の話に終始して、自分のことを話さなかった。

それが証拠だと言われたら返す言葉がない。事実そうだから。

しばらく、俺は黙り込んでしまう。反対に会場はざわついているのが聞こえた。

ネットや業界での声を聞く限り、俺がこの一年ニヒサを撮っていないことについて不仲説だとかを唱える者はほとんどいなかったように思う。ニヒサも俺もそれなりに忙しかったのだし、あの焼肉屋で撮る予定はあると語った場面が放映されたばかりだ。

それがここに来て実は不仲なのかとか、ベストカップルに思わぬスキャンダルがとか、そういう不安と好奇の視線が、俺たちに注がれているのを感じる。

それでも、この場を強引に切り上げようなんて考えは俺の頭からも消えていた。俺はニヒサに嘘がつけないし、ニヒサからは逃げられない。

一分ほどの沈黙の後、俺は正直な気持ちを口にした。

『ニヒサと距離を取らなきゃと思ったから』

『……どうして？』

俺の返答から十秒近くの間を置いてニヒサは第二の質問を投げてくる。

ニヒサはおどろいているようには見えなかったし、その問いだって極めてシンプルなものだった。にも拘《かか》わらず妙に時間を要したのは俺のためなのかも知れない。ヘタレな俺が真実を晒す覚悟が持てるようにと。

目の前に線が引かれたような心地だ。問いに答えるのは線を踏み越えることだ。

それは、俺とニヒサの関係を壊してしまう危険を孕《はら》んでいる。すでに台無しとはいえみんなに楽しんでもらうためのイベントで、嫌悪感を抱かれそうな、自分の醜さを吐露することになる。

『答えて、スバル』

『……俺は』

ぐっと唇を噛んでから、俺はニヒサの問いに答えた。

『自由なニヒサが好きなんだ。芸能人なのにファンの気持ちなんて考えてない、好き放題に怒って、怒鳴り散らして、ナメてきた相手への嫌がらせが何より楽しいみたいな、そんな。見ててゾクゾクするし、ワクワクする。時々ちょっと引くけど、でも憧れる』

こんなことを大勢の前で口にするなんて、普段の俺なら考えられない。なのに今、全然恥ずかしいとか思わないのは、その先を口にする恐怖で、自己嫌悪で、押し潰されそうだからだろう。

今言ったことは全部本音だ。出演作で、バラエティやラジオで、動画で、記事で、そこに滲み出るニヒサの人柄は俺が愛した彼女のままで、これからもそうあって欲しいと思う。

『だけど』

『だけど？』

『俺は、ニヒサの自由を認められない』

ああ、言ってしまったと思った。

『どういうこと？』

わざわざ聞くまでもない。単純な話だった。ニヒサだって察してるんじゃないか。

つまり、会見の時に聞かれた通りだ。

『有沢アテナを死なせたニヒサを許せるのか』

答えは、許せない。

ニヒサのせいじゃない。そうだ。なのに許せないのだ。

帰還の可能性がないどころか、異世界で生きていくことさえできず、ニヒサの代わりに死んだアテナ。そのアテナの体をゲットして人生を満喫しようとするニヒサ。

ニヒサのせいじゃない。ニヒサは罪悪感から解放されるべきだし、彼女を責めるべきじゃない。

なのに自由なニヒサ、楽しげなニヒサの姿を見ると、どこかで囁く声が聞こえる——アテナを死なせておいて、と。

『俺だって……ニヒサの異世界病が治らなきゃいいって何度も思ってたからさ。まともに見られないんだよ。俺は、ニヒサを祝福する気になれない。だから』

距離を置くことにした。近づけば絶対、俺はニヒサにいい顔をできない時が来る。どこかで責めてしまうと思う。少しはしおらしくしろと苛立ってしまうと思う。

距離があれば愛せる。愛せている。応援できている。ただの観客なら。赤の他人なら。撮ろうなんて、共に生きようなんて思わなければ。

映研の連中にもファンにもニヒサにも、ずっと隠してきた醜い胸の内を俺はさらけ出した。

会場は静まり返っている。逃げ出したくて震えそうな体をその場に留《とど》めて、目をそむけたくなるのを堪《こら》えて、かっと見開いた目でニヒサを見つめる。

『がっかりさせたよな？　でもマジなんだ。悪かった。ニヒサも、応援してくれた人たちも』

ニヒサは軽く眉間に皺を寄せ、かすかな怒りを感じさせる表情で俺を睨んでいた。きっと結んでいた口を開いて言葉を発する。

『スバル、「そうだよっ!!」』

全てを引き裂くような叫びがニヒサの言葉を遮った。

俺たち、そして会場中の視線が一点に向けられる。

叫んだのは、一人の女だった。ずいずいと最前列まで歩み出たその女は、制止しようとしたニヒサのマネージャーを突き飛ばし、ステージへと上がってくる。

「認めるわけないだろ!!　お前の自由なんて!!」

年齢は三十代後半だと思う。見るからに傷んだ髪とこけた頬は不健康な印象を与えるが、それでも美しい容姿をしていた。

その顔はニヒサに、いやアテナによく似ている。

「アテナを返せえっ!!　異世界人っ!!」

女の名前は有沢マリア——アテナの母親だ。

・・・

有沢マリアは、以前ニヒサが言った通り俺の想像ほど最低の親ではなかったらしい。

少なくともアテナの異世界病発症後は、ちゃんと娘を思っていた、かつての娘への振る舞いを悔《く》いていたと。

異世界病を発症するのはこの世界で上手く生きられない人間だなんてどこかのデマを信じて自分のせいじゃないかと悩んだり、ニヒサの芸能活動も最初は認めず、アテナが戻ってきた時に財産があった方がいいだろうと説得されて渋々認めたが、それでもニヒサのギャラに甘えず働きだしたり。

だからニヒサが娘の死を告げた時の、彼女の狂乱ぶりは凄まじいものだった。俺はその場にいなかったが、ニヒサに言ったのは「死ね」だったそうだ。

アテナが死んでるっていうなら死んだって平気だろう。自殺しようとしてただろう。だから死ね。

自由になりたくてアテナが死んだなんて嘘をついてるんだろう。本当に死んでるなら死ねるはずだと。

包丁を手渡して、今すぐそれで死ねと命じた。

拒むニヒサに包丁を突きつけてやっぱり嘘をついてる、本当のことを言えと迫り、近隣住民が通報した結果、彼女は逮捕された。

ニヒサの嘆願もあって比較的軽い刑で済んだものの、裁判所にはニヒサへの接近禁止を命じられ——ていたのを無視して、あの文化祭の場に現れたのだった。

『絶対認めないです。赤の他人が娘の体で好き勝手して。死んだとか、今さら。アテナの体で男と暮らして、ホテルで……絶対セックスしてる。あり得ない。許せないでしょ？　親として』

取材に答える表情はニヒサ失踪時にも増して深刻な、鬼気迫る様子だった。

有沢マリアは問題ある親なんだろう。アテナにしていたことは最低だし、自分でも後悔したからって、仮にアテナが生きてて戻ってきてたら今度は良好な親子関係を築けていけたか、続けていけたか、それはわからない。

だけど、アテナを取り戻したい、アテナの戻ってくる体を守りたい——その思いをとやかくいう資格なんか俺にあるわけがない。

そんなわけで彼女に同情する声は多かったし、その中心となって強く支持を表明したのは、異世界病発症者の親族やその支援者たちだった。

『異世界人は発症者の、他人の体を自由にできるわけです。入浴や排泄《はいせつ》などのやむを得ない場面はともかく、たとえば性行為をするなら昏睡《こんすい》状態の人をレイプするのと変わらない。飲酒や喫煙、不摂生など健康リスクのある行為も一種の傷害じゃないでしょうか。そして治った時に発症者本来の人格がどれだけ嘆いても、当の彼らは異世界へ逃亡を果たしている。

異世界人が自分では会ったこともない男性との間に子供を作っていて、それで自殺した発症者女性の例も私は知っています。

異世界人だから悪いと言いたいわけじゃありませんよ？　でも、現実問題それが可能な立場を手に入れてしまっている彼らを野放しにしていいと思いますか？

有沢ニヒサさんの登場以降、そこのところが忘れられていたんじゃないでしょうか』

そう語るのは、以前から異世界人の私権の制限を訴えている国会議員だった。ＳＮＳなんかでは彼の言葉に賛同する声が目立つ。差別するわけじゃないけど区別は必要、度を越した寛容はただの贔屓《ひいき》だ──と。

そんな声の高まる中で、有沢マリアの言葉以上に、その流れを煽る旗印として使われたのが、よりによって俺の「演説」だった。

『俺は、ニヒサの自由を認められない』

あの日の壇上で、ニヒサに本音をぶち撒ける場面。その様子が動画サイトにアップされ、数日で一千万近い再生回数に達している。他ならぬ俺がニヒサに吐いた言葉だというのが、それが「真理」なのだと主張したい連中を気持ちよくさせたのだろう。『本音言ってて草』『これが現実。いい加減調子乗りすぎ』みたいなコメントが並び、例の議員も国会での答弁で俺の演説を引用した。

俺の、ニヒサを抑圧するだけの、醜い本音を吐露しただけの言葉が、正しいものとして広まっていく。冗談じゃない。

誰か俺を否定してくれ。俺のあの言葉が如何に間違ったものか説明し糾弾してくれ。

そう思うのに、自分でも何か弁解したいのに、自分で納得できる言葉が出てこない。

SNSであの文化祭で言ったことは間違いだった、肯定的に用いないで欲しいと苦しいことを言うのが関の山で、するとリプライが飛んでくる——『灰村くんは悪くないよ』『仕方ないよ』。

慰めのつもりなんだか、同じことを対面で言ってくる奴も大勢いた。仕事で、学校で出会う連中。

そして自宅でも。

学校から帰るとちょうど異世界人関連のニュースを見ていて、そこで俺の「演説」についてコメンテーターが意見しているところだった。俺は舌打ちして、テーブル上のリモコンに手を伸ばす。

「おいおい、変えないでくれよ。聞いてんだから」

その時の親父は台所に立っていた。ハンバーグらしい肉ダネをフライパンに並べながら言う。

「気持ちいいか？　俺が嫌な思いしてんのが」

「嫌な思い？　そうなんだ。俺は間違っちゃいないと思うけどな」

肉の焼ける音をBGMに神経を逆撫でする声が響いた。

「間違ってねえわけねえだろ」

「じゃあ何が間違ってんの？　教えてくれよ、父さんに」

「ニヒサを撮るっつっといて結局あれだぞ？　いいわけないだろ」

親父はハンバーグを手早く返しながらくっくっと笑いを漏らした。

「いやまあ、お前がもっと心広くてニヒサちゃんを撮るのを全然気にしなかったら、有沢マリアがあそこで出てこなかったら、今こうはなってないかもな。

でもそれって表面化してないだけだろ？　どっちみち時間の問題だよ」

親父はトングで画面を指す。視聴者へのアンケート結果が表示される。異世界病患者の私権を一部制限することへの賛否を問うもので、賛成、どちらかと言えば賛成を合わせると八割を超える。

「遅かれ早かれこうなってたさ。世の中ずいぶん優しくなったけど、みんないつか気づくんだよ。優しさにも寛容にも限度があるって」

今画面に映っているのがまさにその「限界」だと。

「お前はニヒサちゃんの自殺を許せたか？　抱いてって言われて抱けるか？　そういうことだよ。俺達と同等の自由なんか認められるわけないんだ。ここは俺達の世界で、異世界人の体はネイティブ《ネイティブ》のものなんだから」

「……けど」

「まあ、お前のおかげ優しい世界になったのはたしかだからさ。前よりはずっとマシだと思うよ。一定の権利は認められるんじゃない？　一定の、ね」

楽しそうだった。料理をするのも、俺と話すのも。

言ってることはたしかに正しいのかもしれない。でも楽しげに語ることだろうか。現実の見えてないガキに残酷な世界の真実を教えて悦に入る――薪山壮一はそんな人間だったのか。

こんな会話をしているのに、台所には美味そうな匂いが漂っていた。鼻で息をしないようにする。意識を不快さに傾ける。

「あんた、昔は……」

「昔は？　昔の何？　俺の昔の映画？」

「……」

「もしかして、俺がマジにああいう人間だと思ってた？　世界を愛せない人間がいるのを嘆いてて、それを世の中にマジで訴えてるって。かわいいとこあるねお前」

この一年の親父の変化を、嘘臭いと思っていた。すり寄ってきたみたいで気持ち悪いと思っていた。

だけどいざ、完全に嘘だと向こうが言ってくると、俺は自分で考えていたよりずっと親父に期待していたんだなと思わされる。

俺の映画で目が覚めたなんてのは嘘でも、少なくとも昔は、本当にそういう人間だったのだと。俺なんかとちがう、本当に描きたいことがあって、売れなくても貫いていたのだと。家庭を持って売れ線を意識するようになってもその頃の魂をどこかに残しているんだと。息子への愛情はなくていい。創作への信念だけはと。

「太い実家に生まれて勉強ができてそこそこモテたからさ。若い頃は何かそれが後ろめたくて、あんな映画ばっか作ってたんだ。僕はあなた達の窮状を理解してますって……理解してたら何なんだろうな？

だからさ、お前が生まれた時もう大人になろうと思って満喫することにしたよ……恵まれた生まれを。弱者に優しい僕を演じながら。それが流行《はや》る時代だからね」

香ばしく焼き色のついたハンバーグを手際よく皿に並べ、彩りの良い野菜も添える親父は、端整な顔立ちの男のエプロン姿は、たしかに気品に溢れている。でもそれはガワだけだ。腐った食材を映えるように整えただけだ。

「あんたの魂は、どこにあるんだよ」

「魂？　あぁ、言ったねそんなこと。

そうなあ、俺はこの世界を愛してるから。この世界が俺に提供してくれるサービスが好きだよ。だから俺はこの世界を守るよ。それが俺の魂、でいい？」

世界を守る。物は言いようの好例だった。

たしかに、昔の薪山壮一は一部の映画オタクが持ち上げるだけのマイオナ厨だったのかも知れない。作風を変えてからは誰もが知るヒットメーカーになり、興行収入の一部を支援団体に寄付したり作品の名前を冠した基金が設立されたり。『世界の愛し方を教えて』だって、全体としては異世界人のイメージアップに貢献していたんだと思う。

薪山壮一は、きっと世界が上手く、優しく回るのに寄与している。

それが俺にはたまらなく悔しかった。

「昴、父さんは味方だからな」

部屋を出ようとした俺に、親父は軽やかに言う。

「お前がこの世界の人間として振る舞うならな。異世界人に優しくするのもいいけど、俺たちに害が及ぶラインを超えるなら、味方じゃいられない。名誉異世界人にはなりたくないだろ? さあ、手洗ってこいよ。美味《うま》いぞ、ハンバーグ」

・・・

その後の数ヵ月で、世論はまさに親父の言うようなところへ向かっていった——自分たち《ネイティブ》が許す範疇《はんちゅう》での自由を、権利を認めていこうと。

例の議員の主導で異世界病患者の保護施設なんてものも提案された。治癒後の人格の保護を第一に制限された生活を送ってもらうが、逆に言えば一定の生活レベルと、心身に悪影響のない範疇の自由は保障される。

有沢マリアを筆頭に、ニヒサもその施設に入るべきだ、と唱える者も多かった。

入れ替わり後にアテナが奇跡的に救命され、今も異世界で生きている可能性だって否定できない。なら他の異世界人と同等に自由な行動は制限されるべきだ。これまで異世界人の自由なんて危険思想を煽ってきたニヒサには、保護される異世界人の象徴となる責任がある、と。

そんな流れを受けて、芸能人としてのニヒサは一時が嘘だったかのようにメディアで見かけなくなっていった。制作側が使いたがらなくなっているらしい。

これまではアンチが多くてもそれ以上に人気があった、もたらす利益が大きかった。それが今や一芸能人の好感度という次元の話ではなくなり、炎上リスクがあまりにも膨れ上がってしまったのだ。

彼女が出演しているというだけでその番組からスポンサーが降りたり同事務所所属のタレントが嫌がらせを受けたりで、事務所は契約解除を考えているとの噂もあった。

ニヒサ自身に比べればどうってことないが、俺に対しても世間を煽ってきたことへの非難だとか、あるいはニヒサに巻き込まれたんだとかいう同情の声が寄せられた。後者の方がずっと不愉快だが、いずれの言葉にも俺は沈黙するしかなかった。

ニヒサについて言える言葉なんてあるはずもなかった。

ニヒサの自由を支持しようとしても、俺はもう世間に晒してしまったのだ。嘘っぱちだと。俺もニヒサを受け入れない、立派なこの世界の一員だと。

きっとがっかりさせたのだろう。以前はそれなりに来ていた仕事の依頼が全くと言っていいほどなくなった。

青臭くて、ナイーブで、理想を信じている高校生。そんなイメージで仕事を得ていた俺は、イメージに傷がつけばそりゃ終わりだ。

俺に関しては、何の文句もない。当然の結果だ。

失望させた、迷惑をかけたとは、申し訳ないとは思う。でもまあ、どうでもいい、別に。

マイノリティの映画を積極的に撮っていたのも、部活で撮ったあの映画も、多分ニヒサの代わりだった。

ニヒサとちがって、フィクションとして普通に距離を置いて臨める、自分らしさを祝福できるキャラクターたち。全く失礼な態度だと思う。

そんなことを続けるくらいならすっぱりとやめるべきだった。みんなもそう思ったから切られたのだろう。分相応だ。

灰村昴は映画監督を引退。短い期間だったけど悪くなかった。俺なんかが夢を見られただけ十分じゃないか。

俺はただの観客に戻って、ニヒサは——

「ニヒサちゃんは、あたしが独占するね」

学校近くのファストフード店で一ノ瀬先輩は楽しげに言った。

すでに推薦で大学が決まっていた俺は二月のこの時期も暇で、だから先輩に会わないと言われた時もすんなり応じることができた。

独占とは何のことかと言えば、役者としてのニヒサを、らしい。

一ノ瀬先輩は大学で映像制作を学びながら短編を発表し続けている。技術や方法論を学んだことで洗練されながらも、相変わらず安っぽいクリーチャーの暴れ回るキワモノばかりだ。

彼女は、またニヒサでやりたいと言っていた。人間ドラマなんかどうでもいいと思っていたが、魅力的な人物はやはり自分の映画にも必要——魅力的なキャラが餌になるからこそカタルシスがある、だそうだ——とニヒサとの映画でわかったと。

それで、テーブルにはニヒサ主演で考えている映画の企画書、今日はこれへの意見も聞かせて欲しいと言われていた。

「ニヒサちゃんに演ってもらうネタ、あれこれ考えてたんだけどさ、超多忙だし、苦学生に払えるギャラなんて雀《すずめ》の涙じゃん？」

だから、オワコンになった今がチャンス、とロクでもないことを語る。ニヒサにはすでに話していて、向こうも乗り気だったという。

「いいっすね」

一ノ瀬先輩は芯《しん》のあるクリエイターだ。撮りたいものは俺と全然ちがうけど、ニヒサの魅力を、エネルギーをちゃんと見てくれる人だと思う。彼女の映画の中のニヒサは、きっと輝いていることだろう。

実際見せられた企画も予算と技術の乏しい中で安っぽさを上手く味に昇華した、面白くなりそうなものに思える。

「応援、しま――」

「昴くんもさ、一緒にやらない？　大学入ったら」

応援しますよと言いかけた俺を、彼女は自分の映画に引き入れようとする。

「あたしとね、大学で出会った子たちと、ニヒサちゃんと昴くん……、靖幸くんはわからんけど、映画作ってネットに上げて、いつか会社とか興しちゃうんだ。楽しそうじゃない？」

るんっとした声音で語られる未来像。

学生起業して、ニヒサを看板に細々とでも作品を発表していく。

甘い考えだと思う。でも魅力的だ。きっと楽しいにちがいない。

そしてだからこそ、俺はその輪に加わるべきじゃない。

俺は祝福できないから。ニヒサの自由を制限したくなるから。

だから俺はやめときます。

応援してますから。映画は絶対見ますから。

そう伝えるのだ。それでいいのだ。ニヒサは納得しないだろう。それでも、俺はニヒサを遠くで見守る、一ファンに留まるべきだ。

言おうとして、口を開いて、なのに、声が出なかった。紙ナプキンをくしゃくしゃにする。

「昴くん？」

スマホが震えたのはそんなタイミングだった。

かけてきたのは都内のテレビ局のプロデューサー。

『灰村くん、久しぶりだね！　元気してる？』

「お久しぶりです。はい、まあ」

意外なほどふつうに声が出て、当たり前に応対できていた。さっきのは何だったのだ。

「どうしました？」

話したことは何度かあるが仕事を受けたことはなく、向こうも今の俺に用などないだろう。そう思っていた相手の口から思わぬ言葉が発せられる。

『灰村くん、ドラマ撮ってみる気ないかな？　ウチの局でやる二時間ドラマ。灰村くんがってのが、一番ウケると思うんだよね』

そのドラマは、異世界人モノだという。

有沢ニヒサを主役に据え、周囲に反発ばかりしていた異世界人の少女が、自分の制限された自由を受け入れ、この世界での小さな幸せを見つける物語。

「よくしてくれてはいたけど、商売だもの」

都心の雑居ビルに入っているカラオケ店。二ヵ月ぶりに会うニヒサは諦《あきら》めた風な口調で言った。ニヒサの方にも話はいっているらしい。事務所の方からこれに出ないか、と提案があったと。提案とは言うが、もしもこれに乗らないなら今後の契約更新は難しい、なんて脅し文句が添えられていた。例の噂も概ね正しかったようだ。

それでも今の事務所の面々は、ニヒサに不本意な仕事をさせることを、心底申し訳なく思っているらしい。前の事務所とはちがう。だから、それはしかたないとニヒサは言う。

「ニヒサは、この話――」

「断るわ」

当たり前でしょう、と言わんばかりの口調だった。俺は少しだけほっとする。

俺はこんなの絶対に撮りたくないし、俺以外でも、ニヒサにはこんな話の主役を演じてほしくない。

　こんなのプロパガンダだろう。本当は不本意な、不平等なはずの現実を受け入れさせる物語。

　だからニヒサの答えには一瞬安堵して、でもすぐに思った。

「じゃあ、事務所は」

「辞めることになるわね」

　あっさりと断言する。それでいいのかと思うくらいに。

「辞めて……行き先とかあんの？　誘いがあるとか？」

「ないわね。今の状況じゃ探しても望み薄だと思うわ」

「じゃあ、フリーでやってくってことか？」

「ていうか別に、役者で食べていくことにこだわらなくていいと思うの」

「……え？」

「イチノセさんの映画には出てみたい……でも、それくらいでいい。

　私みたいな人間が人気商売なんて破綻して当たり前よ。一年以上もやれていただけ運がいい方」

　二度も摑んだ栄光に何の未練も感じられないその様子は、たしかにニヒサらしかった。

　才能もキャリアも関係ない。この一年は好きにやれていたからよかったが、それが叶わないならやめればいい。

出会った頃の自暴自棄ともちがう、自尊心を取り戻してもなお変わらない身軽さは、かっこいいけど、凡庸な俺にはどこか腹立たしくもあった。

これからどうするのかについては、完全にノープランだという。

「しばらく暮らせるだけの貯金はあるし、これからは気ままに生きられる道を探す。将来はイチノセさんの会社に入るの、ありかも知れないわね。やっていけるか怪しいけど、楽しそうだもの、彼女となら」

「……そっか」

悪くない、どころか素敵な話じゃないかと思った。

水物の人気で持て囃したり切り捨てたり、そんな世界に身を置くよりはずっと。応援すべきだ。だからそんな、前向きな言葉を吐こうとする。脳内を探し回る。

「どうしたの？」

ニヒサが不思議そうな顔で問う。

きっと、俺はすごく苦い顔をしているんだと思う。

「嫌だ」俺はそう答えた。

想像したのだ。一ノ瀬いさな監督作品の、専属女優みたいになったニヒサ。全然利益は上がらず趣味の範疇にとどまるのか、あるいは案外成功してしまうのか。

世間ではニヒサは消えた過去の人物として認知されるのか、それともキワモノ映画の女王みたいな今とは別種のスターになるのか。

どっちに転んでも、嫌だった。

だってそんなの、負けたみたいじゃないか。

そのルートが成功しようとしまいと、きっと世間はノーダメージだ。ニヒサに都合のいいお人形でいろと強要したことなんかみんな忘れ去って、それで、異世界人はやっぱり不自由なのが正しいとされたままだろう。

何と戦ってるんだと言われそうな考えだ。勝手に世間を敵視して勝負することをニヒサに求めるなんて身勝手過ぎる。不毛な勝負からはさっさと降りた方がいい。

でも、俺はニヒサに戦ってて欲しい。

全てがリアルタイムで世界中に共有され、有象無象に消費され、下世話な視線や無責任な好意悪意に晒される、この浅ましい戦場でナメた奴や気に入らない奴を殴り続けてほしい。

一ノ瀬先輩が撮るニヒサは、そういうニヒサではないだろう。一番見たいのとはちがうニヒサが世の中に溢れるのを、俺は黙って見ているつもりなのか。

一ノ瀬先輩は俺とちがって自由で撮りたいものがある、素敵な人だ。でも、それなら俺より彼女の方がニヒサにはふさわしいのか。

ちがう。

「俺が、一番上手くニヒサを撮れるんだ」

わかっていた。だけど拒絶してきた。俺はそれを祝福できない。アテナを殺した、あるいはいつかまたアテナになる彼女を、ニヒサとして愛し切る自信がない。

けど。

そんな分際で、俺はやっぱりニヒサに執着している。

俺が撮ったニヒサが世界一美しいのだ。それを見たらみんな目を覚ますのだ。

ヘンリー・ダーガーじゃない俺は、そういう傲慢さがなきゃ創作なんかしないと思う。

解釈違いや駄作ばかりが持て囃されるこの世界を、俺が変えてやるんだと。

「撮りたい。俺が撮る。アンチが一発で手のひら返して、事務所をクビなんて話もなくなる。そんな映画。

だから、辞めないでくれ。ずっとずっと女優でいてくれ」

気づけばソファから身を乗り出して、ニヒサの手を握りしめて、俺は訴えていた。初めて映画に出て欲しいと言った時以上に勢い任せで、何ら考えておらず、しかしあの時よりずっとずっと確信に満ちている。

そのまま、しばしの沈黙の後で、ニヒサは言った。

「あぁ、よかった」

「えっ」

安堵した様子のニヒサに対して、俺は多分間抜けな顔をしていたと思う。

よかった？　よかったって何？

ニヒサはいたずらっぽく笑う。ここ数ヶ月見ていない、ニヒサらしい表情だった。

「あなたが、『うん、それでいいと思う』なんて言ってたら、本当に見限ってたと思うわ。でも、そうじゃなくてよかった」

「……は？」

理解するまで少しの時間が必要だった。まるで俺を試していたとでも言わんばかりの口ぶりで、つまりさっきの話は。

「嘘なのかよ」

「当たり前でしょう？　私が本気であんなこと言うと思った？」

思ってたとはちょっと言えない。言えないが、ニヒサは多分見抜いてるんだろう。だから当然、その口調からは怒りを感じる。

「あなたったら、つまらないこと気にしてるんだもの。俺はニヒサを許せない、とかウジウジして」

「つ、つまんなくねえだろ」

たしかにニヒサからしたら面白くなかっただろうが、そんな言い方をされたら腹が立った。ニヒサは一切譲らずに、「つまらないわよ」と切り捨てる。

「最愛のパートナーだってきっと、相手に許せないことなんていくらでもある。アテナはこうだったのに、なんて思ったら好きに抑圧しなさいよ。私はそんなのに負けないし、それでもあなたに撮られたいと思ってるの。一人で決めつけないで。ナメられるのが何より嫌いって知ってるでしょ？」

立ち上がり、宣言するニヒサを俺はしばしマヌケヅラで見上げる。

少し経って、ぷっと小さな笑いが漏れた。

「そうだな……つまんなかった。悪い」

「全くよ」

俺はたしかに、有沢ニヒサをナメていたらしい。

彼女は強くて、果敢で、気高くて、意地が悪くて、獰猛《どうもう》で、美しい——きっと俺の生涯の主演女優だ。

俺は、少々改まった口調で言う。

「有沢ニヒサさん、俺の新作に出てください」

「ええ、喜んで、ハイムラ監督」

とはいえ、具体的なところはこれから考えるしかなかった。芸能人としての進退がかかった企画を蹴って、じゃあ俺たちは何を撮りたいのか。

「爆弾みたいな映画がいいわ。ナメた連中にダメージを与えられるやつ」

ニヒサの言葉には同感だ。でもそれって、具体的に何だろう？

フィクションとしての映画ではダメなんだと思う。悪い意味で何でもできてしまうし、フィクションの中で異世界人設定でどれだけ過激なことをやって物議を醸そうと、それは所詮《しょせん》フィクションだ。最悪、異世界人はフィクションで満足しろとも取られかねない。

ならば今度もドキュメンタリーになるのだろうか。一体何をすればいいのか。この一年余りのことを描いたところで、それはきっと『世界の憎み方を教えて』の二の舞だ。同情を買っておしまいだ。

今までの先へ行かなきゃいけない。ニヒサの、何か意思表示になるような。世間の今の流れには従わず、ショッキングな――

「っ」

そこで、俺はあることを思いついてしまった。しかしすぐさま口を噤《つぐ》んで、無言のまま、ニヒサには悟られまいとする。

「スバル、何か思いついたでしょう」

そんな俺の表情の変化を、ニヒサは見逃さなかった。

「隠さないで。言いなさい」

「…………」

ニヒサに要求されても、簡単にうんとは言えなかった。ニヒサがそれを許すかわからないし、俺にとっても、今も恐ろしく抵抗のある行為だったから。

流石にそれはダメだろう。

でも、流石にダメ、を否定しようとしてるなら、ニヒサが本当に自由だと俺が認めているなら。それは、できることだ。

「……あの、その」

「早くして」

「俺と……ニヒサって……恋人同士ってことで、いいんですかね？」

「……あぁ、ええ、いいわ。恋人よ私達」

今思い出したみたいな言い方でちょっと不安になるが、まあ俺も付き合ってるとは全然思っていなかったし……。

それでもこうして、ニヒサからも恋人のお墨付きをいただいた。

なら。

いやしかし。

それを踏まえて、勇気のいることだった。見るからにイライラしているニヒサに至近距離で睨まれながら、俺はその言葉を口にした。

「……だから……する場面を撮るっていうのは……どうっすか？」

「何を？」

「セ、セックス？」

Chapter.5 As you like

「高校生活どうでした？」

「……まぁ──、悪くはなかったんじゃね？」

学校近くのカラオケボックス、ソファに腰掛けた状態で、隣に座った原の質問に少し考えてから答える。

高校を卒業したその日のことだ。

少なくとも高二の夏まで、俺にとって世界はほぼほぼ学校であり、世界が好きじゃなかった俺は当然、学校が好きじゃなかった。

イジメられてた中学時代も、高校に入ってとりあえずの安寧《あんねい》を手にしてからも。『世界の憎み方を教えて』公開後のやたら持ち上げられまくり陰であれこれ言われる一年余りも、文化祭後の腫《は》れ物《もの》扱いみたいな数ヵ月も。

だから体育館に集まって祝辞や卒業生代表の答辞を聞く間も、仰げば尊しも、胸に迫るようなところはなかった気がする。やっと終わったか、が正直な気持ちだ。

なのに悪くなかったなんて言えたのは、最悪って答えるほどでもないなというのと、後はまあ、悪くなかった部分が九割方、映研で過ごした時間に集約されているからだと思う。

学校で何も取り繕《とつくろ》わずに好きなもの嫌いなものの話ができたのは映研の部室でだけだった。ニヒサと出会う前は、唯一の嫌いじゃない居場所だったかもしれない。

卒業証書を受け取ると俺はまっすぐに校舎を出て、このカラオケで私服姿の部員たちと合流する。打ち上げをする約束だったのだ。

文化祭の一件以降は引退したのと気まずいのとで部室に一切顔も出さなかった俺だが、一年たちからやっぱり映画監督として尊敬してますなんて言われると、もっとちゃんと相手してやりゃあよかったな、という今さらな思いに襲われた。

卒業ソングで盛り上がる一年生をぼんやり眺めながら、原は尋ねた。

「ニヒサさんって最近どうですか？」

「元気だよ、全然」

こんなことを聞くのは、ニヒサが最近ではほとんど公の場に現れないからだろう。以前は嫌でも目に入ってきた彼女だが、ＣＭも流れずポスターも剝《は》がされたところが多い。有沢マリア騒動からの世論に配慮した結果だが、復帰を望むファンはこんなの一過性だと言い、口さがない者はオワコンと囁く。

原は俺の答えに一瞬安堵したみたいだが、またすぐ表情を暗くする。あの夏以来だが、ひょっとしたら文化祭の日から、こいつはこんな調子だったのかもしれない。

「もう戻ってこない方がいいかもってちょっと思うんすよね。こんだけ振り回されんなら」

「……」

その口から出た厭世《えんせい》的な言葉には少なからずおどろいた。こいつにもそんな選択肢が浮かぶくらい、ニヒサを取り囲む現状は息苦しく見えるんだろう。ニヒサがこの世界を愛することは、きっと難しく思えるんだろう。

「でも」力のこもった目つきで俺を睨みながら言う。

「……何？」

「灰村先輩だけはニヒサさん、撮ってあげてください」

「……俺がニヒサに何言ったか憶えてる？」

忘れるわけもないだろう。原は強くうなずき、「それでも」と続けた。

「『世界の憎み方を教えて』見た時思ったんすよ。先輩がニヒサさんのこと一番わかってて、一番味方なんだろうなって。悔しいけど。

どんだけ世の中がひどくても……俺は応援するし、何かあったら、手伝うんで」

ぐっと拳を突き出す原に、久々に思った。

「……お前、いいファンだな」

「当たり前じゃないですか」

やはり俺はこの世界を嫌いにはなれない。原の言葉一つで、そう思わされた。

そして、同時に気が重くもあった。

俺はこの後輩たちを、嫌いにはなれない世界を、敵に回すかも知れないんだよな、と。


「スバル」

解散し、遠ざかっていく後輩たちの背中を見つめていると、歌うようなメゾソプラノ、ニヒサの声が名を呼んだ。

振り返ると、そこにはたしかにニヒサの姿があった。俺の真横に停まったスポーツカーの運転席から、ハンドルを握ったニヒサが俺に呼びかける。

「……何、その車」

「買ったのよ。いいでしょう?」

一片の迷いもなく誇らしげな顔で自慢されたその車は毒々しいカラーリングと法に触れるのではっていうようなパーツで飾り立てられている。たしかにレンタカーとは思えない。

打ち上げを終えたら待ち合わせ――そう約束をしてはいた。だけど車で現れるなんて、しかもこんな悪趣味なヤツなんて聞いていない。普段なら乗るのも恥ずかしくなりそうだ。

でも今は、ニヒサが運転席にいる。

「さあ、乗って。私を撮るんでしょう？」

そんな言葉を聞くまでもなく、俺は助手席に乗り込んだ。恋人になって初めてのデート、そして新しい世界への旅立ち。加速の軽快さとGの重圧を同時に感じながら、俺たちを乗せた車は走り出した。

ニヒサが免許を持っていること自体、俺は知らなかった。仕事がなくなって暇ができたので教習所に通い、取得したのだという。おどろかせようと思って秘密にしていた、この車も合格する前から購入を決めていた、と。

それはいいのだが。

「運転上手くね？」

免許を取ってからまだ一ヵ月やそこららしい。俺自身経験がないからよくわからないが、最初はもっとぎこちない運転になると聞く。ニヒサの運転は万事迷いがなく、それでぶつけまくっていたら最悪だが走りもスムーズだ。

「毎日のように走ってるもの。買った日から。仕事がないおかげね」

「……上手くなりたくて？」

「たしかになりたいけど、単純に気持ちいいじゃない。こんなに大きくてハイパワーな鉄の塊《かたまり》を思うまま乗り回せるなんて。戦闘機のパイロットなんて超音速で、ミサイルも撃てるのよ？　一体どれだけの万能感でしょうね」

「……安全運転で頼む」

心配になる言動とは裏腹に、信号待ちでクラクションを鳴らしたり他の車に幅寄せしたりといったことはなく、近くのインターチェンジから高速に乗った。

本当は三百km／h近く出せるのにもどかしいわ、なんて言いながら飛ばすニヒサは楽しそうで、俺は車窓を流れる景色よりも、その横顔に見とれてしまう。

「撮っていいわよ、スバル」

前を見たままニヒサが言う。

「私の人生のあらゆる瞬間を、あなたは撮っていい。撮って欲しい。世界に見せつけて、私の姿を」

「ああ」

後部座席に積まれたバッグからハンディカメラを取り出し、運転する彼女に向ける。

その後もデート中、俺はたしかにニヒサを撮り続けた。高速を降りて立ち寄ったビーチでは波と戯《たわむ》れる彼女を。数年前に流行った目に鮮やかな台湾スイーツを楽しむ彼女を。

『ニヒサちゃんにはこの世界をいっぱい好きになって欲しいんだ』

蘇るのは、ニヒサ自身が演じたあの場面。十四歳の、この世界へ来て芸能界入りしたばかりの彼女が、マネージャーに言われた言葉。親父の言葉と共に、その後のニヒサにとっての呪いとなっていた。今いるのはあの時の店ではないが同じ系列店で、注文した品も当時と同じものだという。

「美味《おい》しいわね」

蜜《みつ》の絡んだ白玉を口へ運ぶと、とろけたみたいな表情で言う。たしかに美味い。じんわりと染《し》み入って、色んなものが溶け出してきそうな多幸感がある。

出会った頃のニヒサは美味いものを食う幸せさえ拒絶していたのを思い出す。この世界の楽しみも、美しさも、優しさも、自分を飼い馴らすべく与えられる餌なのだと。

『むしろ食い尽くす気になればいいと思うけどなあ。世界なんか全部自分のためにあるんだよ』

ニヒサのことを相談した時の一ノ瀬先輩の言葉だ。あなたみたいだったらそりゃ苦労はないと思った。

でもきっと、今のニヒサは世界の捕食者だ。

趣味の悪いペイントをしたロケバスに機材を積み込んで、この世界の至るところへニヒサとロケに行く。そんな未来を思い浮かべた。

　そうして日が落ちる頃、俺たちは最終目的地へ向かう。あてもなくあちこち回った今日のデートだが、ここへ行くことだけはずっと前から決めていたのだ。

　都下の住宅街近くに佇む黒い建物。看板にはホテル名の下に『ご休憩（3時間～）：4980円～　ご宿泊（1泊～）：12000円～』の文字が並ぶ。いわゆるラブホテルだった。

　あの夏に泊まったところと同じく無人のフロントで受付を済ませ、選んだ部屋へと連れ立って向かう。あの時とはまたちがうが、大体パブリックイメージ通りのラブホの部屋。

　ホテルが見えてきたあたりから心拍数があがるのを感じていたが、部屋に入って、ベッドの上のコンドームを見た時にはもう全身が心臓になったみたいだった。

　発作を起こして死んだりしないよなと不安になりながら、汗でぬるぬるの手で準備をする。簡単な作業なのにミスをしまくりながらも、どうにかこうにか完了した。

　部屋の入り口からロングで撮るもの、ベッドのすぐ脇に設置したもの、複数台のカメラとマイクが様々な角度からベッドを包囲している。

「準備できたわ」

「あ、ああ……うわっ！」

恐る恐るやった視線を、反射的に逸らしてしまう。

「何よその悲鳴」

ベッド脇にニヒサがいた。シャワーを浴びてきたところで、タオルを巻いているが下は多分裸。二の腕や太ももがあまりにも眩しい。

見た。見てしまった。……いや、それどころじゃないことをこれからするのに見てしまったも何もないのだが……。


俺たちは、これから一本の映画を撮る。

タイトルは『世界の愛し方を教えて』。

内容はあまりにも単純だ──俺とニヒサがセックスをするだけ。これから二人で行為に及び、その模様を世界に公開しようというのだ。

・・・

「スバル……本気？」

異世界人向けプロパガンダの二時間ドラマを依頼されて、ニヒサと会った日のこと。俺が思わず零したみたいに口にしたアイディア「ニヒサとのセックスを撮る」に、ニヒサは至極まっとうな反応を見せた。

　何故セックスをするのか。してもいいからだ。

　本当は、好き勝手してもいいと思うから。異世界病の発症者は向こうの世界で、やってきた異世界人はこっちの世界で、好きに生きていいはずだから。

　今ここにいないアテナのために今そこにいるニヒサが束縛される、それを正しいとする世界が続くなんて悔しいじゃないか。カウンターを喰らわせたいじゃないか。

　だから、してはいけないこと筆頭とされることをして、世界に見せつけてやろう。

　そういう理屈なのだが、うんそれはいいアイディアだ、となるようなものじゃないのは自分で言ってて明らかだった。

　ただニヒサが喋っているのさえ叩かれるようになった世の中でどれほどの反感を買うかわかったものじゃないし、第一ニヒサの方が体を許してくれるのか。

「スバルは、それでいいの？」

　ニヒサは真剣な声音で問いかける。

「アテナは生きてるかも知れないわよ？」

「えっ」

　ずっと言われていた疑念で、もちろんわかっていたのだが、ニヒサの方から口にしたのにはちょっとびっくりだった。

ニヒサの主観じゃアテナの死は間違いないんだろう。それでもその後奇跡的に助かっていて生きていたら許されないんじゃないか、という恐れはニヒサの中にもあったらしい。だから、あれだけの敵意を向けてきた母親のことだって責めようとしなかったのかも。

「……いいよ」

もう、アテナは責めないと思うなんて絶対に言わない。仮にいつか帰ってきたアテナを傷つけても、失望されても、殺意を抱かれても、俺は今ここにいるニヒサが大事だ。

「……スバルは、私としたいの？」

それこそ俺が聞くことだという問いを、ニヒサの方から投げかけてくる。

「主張のためにしようとしていない？　無理をしていない？　したくもないセックスを無理にして俺たちは自由だなんて叫ぶの、馬鹿らしくない？」

ニヒサの言葉は、それはそうだなとしか言いようがないものだった。俺の動機がニヒサの指摘した通りなら、セックスなんかするべきじゃないと思う。そんなんで迫ったことを、監督として、彼氏として謝罪しなきゃいけない。

大変申し訳ないことに、そういう部分は恐らくゼロではない。

「ごめん」

頭を下げて、しばらく黙り込む。頭の中を漁《あさ》ってみた。果たして俺の動機はそれだけか。

想像する――ニヒサとセックスしない人生。恋人同士だけど、あくまでプラトニックな関係で愛し合う人生。

……嫌だな、と思った。

「俺は、もっともっとニヒサの色んな場面を見たい、撮りたい……セックスするとこも

……だから、しないままはもったいない。

それに」

「それに？」

「……彼女ができたら、ヤりたい」

その言葉に、ニヒサはぷっと噴き出したのだった。そういう笑い方のニヒサを見たのはその時が初めてだった。彼女はしばらくおかしそうにした後で言う。

「いいわ。しましょう。綺麗に撮らなきゃ許さないわよ」

・・・

ニヒサはしたいのか。一番最初に確認すべきことだが、ニヒサはこう答えた。

『私は多分スバルみたいな形でスバルの体を欲してはないわ。体に触れてみたいとか、ペニスを見たいとか挿《い》れてほしいとか、そこまではないと思う』

それじゃあ、と俺が思ったところで、「でも」と続ける。

『スバルとセックスして、それが世界への爆弾になる。私は悪い子だからそういうのが一番ゾクゾクする。そう思いながらするセックスは、きっとすごく興奮すると思う。言うじゃない、背徳感が最高のスパイスって』


そうやって今に至っている。あの時の様子を思い出しながら部屋を見渡す。取り囲むように置かれたカメラとマイクが俺たちの行為を捉えて記録し、一連の様子は全世界に公開される。

「世界に見せてやりましょう。私たちのこと」

今がその時だった。

互いにバスタオルを脱ぎ捨て、ベッドの上で向かい合う。

目の前に全裸のニヒサがいる。

綺麗だった。

光のオーラをまとったみたいに白い肌、胸は大きすぎない程度に大きく、ガリガリとは思わないくらいに全体は引き締まっている。俺もこの数ヵ月密かに筋トレなどしていたが多分全然見合ってはないだろう。

「き、綺麗だよ。スッゲー」アテナの体、という囁きを無視して褒める。

「スバルは……変態みたいね」

何が、と言えば俺の格好である。全裸で、額にはバンドで小型カメラを固定してある。一番近く、俺の視点で撮るための工夫だが、全裸で頭にカメラ、股間《こかん》はもうアレなのでたしかに変態的かも知れない。

「……当たり前だよ。ニヒサが相手なんだから。ニヒサを撮るのに澄ましてる奴なんて映画監督じゃない」

「……そうね。私の全部をあげるわ、監督」

最愛のパートナーに手を伸ばす。きっと俺が何歳まで生きるとしても、この撮影を忘れることはないだろう。

ベッドに投げ出されたニヒサの裸体を見下ろす。ローションの用意もあったが下手くそなりにどうにかこうにか準備は整ったらしい。

ゴムを着けていよいよってところで、迷いが生じた。いや、顕在化した。胸の内の囁きが叫びになって訴えてきた。

本当にヤッていいのか、アテナへのレイプじゃないのかこれは——と。

もう今さらに決まっている。何度も何度も繰り返して、乗り越えたと思った問いだ。しかしそんなの、頭の中だけの話だったと、瀬戸際になって俺は思い知らされている。

引き返すなら今が最後じゃないか――もうやめないかって言いたい。

どれだけブレるんだ俺は。これだけヘタれるなら世界を変えるなんてやめちまえ。

それでも、ここでやめようと言えば、まだ、まだアテナの傷を軽くできる。

その言葉が口をついて出かかった時だった。

「やめる?」

ニヒサの方からそう聞いた。

声が冷たいとか、失望を露《あら》わにしているとか、そんなことはない。ただ、濡れた瞳で俺に尋ねる。

ニヒサは許してくれそうな気がした。

そう思って、だけどそれに甘える自分が許せなくて、俺はニヒサの腰をがっしりと掴んでいた。

「いくよ」

「ええ」

その瞬間は、正直よく憶えていない。多分時間にして三、四秒だっただろう。

すぐに我に返って、血が出ているのを見て、本当にやってしまったと思った。

酔いが醒《さ》める。熱が引く。

何か取り返しのつかない、壊してしまったという思いに襲われて、寒気がして、胃から酸っぱいものがせりあがる。

ニヒサの白い手が伸びる。顔を掴まれ、そして。

ニヒサの唇が俺の口を塞《ふさ》ぐ。

すぐに離れようとするが、ニヒサはがっしりと掴んでいて逃げられない。

マウストゥマウスで流れ込んだ吐瀉物《としゃぶつ》を、ニヒサは、喉を鳴らして飲み干す。

何をやってるんだ、こいつ。

胃酸の味のファーストキスは、十秒くらいの出来事だったと思う。

互いの口が離れ、刺すような臭いに顔をしかめながら俺は尋ねる。

「何で」

「何で、かしら……そうね」

胃液を手で拭いながら答える。少し考えながら、ニヒサは自分の衝動を言葉で彫り上げようとする。

「欲しかったのかも知れない、アテナが」

「どういう」

「私にとってのアテナは痕跡《こんせき》だけで実体がない。映像や人から聞いた情報を通してだけで、絶対に会えない。

だからせめて、あなたの中のアテナ、あなたがアテナに向けている感情だけでも欲しかったの。アテナを犯すって怯《おび》えて、嘔吐するあなたを見て、私にもよこせって思った。アテナを共有したい……ちがう、勝ちたかったのね、きっと」

俺はしばらく何も言えなかった。

熱いものが頬を伝う。

視界が滲んで、俺の中の熱が次から次へと溢《あふ》れ出《で》ていく。

悲しさとか情けなさとか安堵とか、そんなことで泣いているんじゃない。泣くシーンじゃ全然なくても出来が素晴らしすぎると泣いてしまうことがある。これもそういう涙だ。

涙だけじゃない。血に塗《まみ》れたゴムの中に、俺は射精していた。

「勝ってるよ、ニヒサ。お前が優勝だ。世界一綺麗だ」

そうやって讃えても、ニヒサは大してうれしそうではなかった。

「いいわよ。そんなの」

「そんなのって」

「私たち、何をしてると思ってるの？　言葉で褒めるより、することがあるでしょう？」

その後だが、あんなこと言っといて何なのだが、俺にはニヒサが綺麗なのかどうかわからなくなってしまった。そんなことを考える余裕がないくらい、ニヒサに蹂躙《じゅうりん》されたのだった。

ニヒサも明らかに慣れていなくて手際は雑なのだが、フィジカルモンスターというか、とにかく俺の体を貪《むさぼ》ろうとする勢いがあった。性欲がないみたいなこと言ってたのに、どうも火をつけてしまったらしい。

汗と涙と鼻水まみれで、息も絶え絶えでベッドに転がっている俺を、ニヒサは見下ろして言う。

「かわいかったわよ、スバル」

次は見てろよと思った。

休憩と軽食を取って、二回戦はちょっと遠慮して、編集作業に入ることにした。見ていると、映画とはまた別なこっ恥ずかしさがこみ上げてくる。これを公開するなんて正気だろうか。

それでも、公開せねばならない。堂々と見せつけてやるのだ。

AVみたいに性欲処理をしてほしいわけじゃない。フィクションのラブシーンみたいに官能的に美しく見せたいわけじゃない。

ただ、俺たちはお互い必死で求めて、互いを貪った――正直後半はちょっと怪しいが――。ニヒサのおかげで、俺はアテナじゃなくニヒサとして彼女を愛することができた。

それが伝わるように、過去で一番時間をかけて編集に臨んだ。

映像の最後、毒々しい色の花束を抱いて、ニヒサはカメラに語りかける。

『私はこれからも好きにするわ。この世界で自分のために生きていく。私が気に入らないなら抑えつければいい。だけど私は折れない。ここは私のための世界だって言い続ける。それが私の思う、この世界の愛し方』


編集を終えると、俺たちはついに動画を投稿した。俺は手の震えで、ニヒサは横顔に差した翳りで互いの怯えに気づきながら、それでもいいと思えた。どんな反応が返ってこようと自分を見失わずいられる……そう信じて俺たちは世界に石を投げる。


きっと、大変な人生になるだろうと俺もニヒサも思っていたはずだ。

それでも、思っちゃいなかった。

あんな別れを迎えるなんて。

俺たちに似合いの別れと言えば否定できない気もするから、やっぱり神様は死ぬべきだと思う。

・・・

それからの私とスバルも苦難の連続だった。

まずあの動画は、『世界の憎み方を教えて』のような意味では、世界を変えたりなんかしなかった。返ってきたのは純然たる非難と罵声の嵐で、アンチは手のひらを返すどころか爆増し、私は当然のように事務所との契約を解除され、スバルも父親に絶縁され、映像の仕事は完全に途絶えた。

その中で、何人かの賛同者が、主に異世界人が集まってきた。あの動画を見て、同じように生きてみたいと。

私とスバルは彼らと会社を興した。

合名会社『ザ・ワールド・イズ・マイン』。

事業内容は、異世界の文化をコンテンツとして発信すること。

食べ物だったり音楽だったり民話だったり、異世界人嫌いでも異世界の文化には興味のある者も少なくないんじゃないか、スバルのそんなアイディアから始まった。

ダメ元だけど、どうやら目論見は当たっていたらしい。

異世界の料理を売るフードトラックの仕事が少しずつ軌道に乗り、スバルの映画――異世界のクジラの神話が下敷きになっている――が小ヒットし、そうすると徐々に社員も集まり、異世界の引き出しが増えていき、事業も少しずつ大きく、会社の商品、加工食品や民芸品、CDなんかを置いてくれる店も出てきた。

会社の規模に対して商売の広げ方は節操がないし、経営はあまりにも綱渡りだけど、それでもこの世界で誇れる生き方ができている。そう思えた。

そんな日々の中、私も他の誰も予想しなかっただろう。

スバルとの別れなんて。

あまりにも唐突でこの世の終わりみたいな心地だったけれど、ある意味、私達に相応しい別れだったかも知れなくて、だからいつかスバルが言っていたように、私も神を許さない。


別れから約三年が経ったその日、私は会社所有のスタジオで目を覚ました。隅の方に敷いたマットをベッド代わりに寝ていて、目が覚めたのは多分、今響いている甲高い金属音のせいだろう。

スタジオ中央の空間で有機的なフォルムの巨大な影が二つ、戦っていた。両者とも甲殻類がモチーフで人間なんかたやすく真っ二つにするパワーのハサミをぶつけ合っている。

撮影用ロボットの試運転中。次の映画ではその戦いが目玉なのだという。

「せめて仮眠室で寝なよ？」

操縦者のいさなは一旦動きを停止させると私のそばへ歩み寄り呆れた顔で見下ろした。

一ノ瀬いさな——小学生みたいな外見だけどスバルの高校時代の先輩で、大学在学中から一緒に映画を撮るようになった得難い友人。そして今や、スバルに代わって『ザ・ワールド・イズ・マイン』の社長でもある。

いつも明るい表情を今は少しばかり曇らせ、私の顔を覗き込む。

「顔色悪いね、寝不足？」

「ちょっと嫌な夢を見ただけ」

悪夢を見るのはよくあること、大抵は現実の、過去の場面。同級生に罵声を浴びせられる、せめてあなただけでもと逃したマフが野犬に食い殺される、実際にはその場を見たわけでもない、私に裏切られたあの子が首を吊る様子。この日見たのはそれらと少しちがうけど、やっぱり最悪な夢だった。

悪夢から目覚めると、私はよく思っていた。

自分は、あっちの世界で死んでいるべきだった、と。

でも。

そんな時、スバルやいさながただそこにいることに救われた。思わされた。

死ななくてよかった——死んでいたら出会えなかった。私はこの世界が好きだ、と。

いさなは近くの小型冷蔵庫からボトルを取り出し、紙コップに黒い液体を並々と注ぎ、手渡してくる。爬虫類の内蔵を数種漬け込んで発酵させた異世界伝来の飲み物。疲労回復精力増強の秘薬だというそれを、私は一息に飲み干した。

「うん、美味しい」

「それ美味しいっつうのニヒサちゃんだけだよ」

味はもちろん効能も抜群で、一杯で血の巡りがよくなり、体が温まるのを感じる。シャワーを浴び、食堂で泥クジラの吐瀉物風朝粥を食べると、いさなを愛車に乗せてスタジオを出る。向かう先は都内のアミューズメント施設。そこでウチの新製品のお披露目と映画の試写会があるのだ。

「おっ」

道中の信号待ちの時間。いさなが何かに気づいたみたいに声をあげ、私もそちらを目をやって「ああ」と思う。

ビルの壁面に貼られた、一人の男のポスター。自信に満ちた笑みを浮かべた彼はウチの社員で、異世界人だ。

会社の看板の一人で、そんな彼の顔を塗り潰すかのように、スプレーで殴り書きされている。

『侵略者』と。

ここ数年、私達を非難する際によく使われる言葉だった。異世界からやって来て他人の顔で我が物顔に振る舞う私達が、自分たちの世界を脅かしている、侵略されている、そんな風に感じる人間はきっと少なくないのだろう。

私のポスターに書かれていたのも見たことがあるし、会社に対してもその手の嫌がらせは絶えない。

アテナの母・マリアもそうだし、スバルの後輩・ハラくんも私たちの味方にはならなかった。

そうした人々の急先鋒がマキヤマソウイチだ。彼はウチの商売が支持を集める状況に警鐘を鳴らし、かつて私とスバルがしたように、映画——発症者の家族に取材したドキュメンタリー映画——を主な手段に活動を続けている。

「ニヒサちゃんたちが侵略者ならあたしは内患ってとこかな?」

いさなが楽しげにつぶやいた。

彼女が異世界人の娘だと、知ったのは会社を興して間もない頃だ。

彼女の母はこの世界で自由に生き、彼女を残して異世界へ消えた。異世界病が治癒した時、いさなの母親にされてしまった女性は心を病み、命を絶った。

その過去を抱えながら、彼女は仲間になってくれた。異世界のクリーチャー映画をたくさん撮りたいからと。そうしたら彼女の作品は海外のB級映画ファン中心に人気が出てスバルより稼ぐ監督になったのだからわからないものだ。

もちろん、目立つポジションの彼女も私に負けず劣らずヘイトを買っている。

「何とでも呼ばせましょう」

侵略者、と呼んでくる人間を責める気はない。私たちが踏みにじった人間は実際にいるのだ。

だけどそれでも、私は彼らを踏みつけにしても自分の道を行く。ここは自分の世界だと信じて我が物顔で振る舞う――スバルと行き着いたこの世界の愛し方を胸に、私はアクセルを踏み込んだ。

数千度の熱波が大地を舐め、灼鉄の雨が降り注ぐ。

瘴気に覆われた世界、焼け焦げた大地でガラス質の殻が割れ、中から悪魔を思わせるフォルムの新たな生命が誕生する。

神話的な光景が消え去り、眼前には薄暗いホール、現実の世界が広がった。視覚だけじゃない。焼け焦げた匂いや熱気、文字通り肌で感じていた別な世界の気配からも解放され、五感が現実の刺激を受け取る。

全ては頭部に付けられたメガネ型の装置が私達の脳に見せていた世界だ。従来研究されていたVRなどとは比較にならないリアリティと仮想世界への没入感を与えてくれる。この装置を使った「入れる映画」はもはや映画と呼んでいいのかもわからない。

想像を超えた体験にしばし呆気に取られていた観客たちは、一人を除いて万雷の拍手を送った。

舞台挨拶に移ると、監督のいさなや出演者たちが居並ぶ中、一番に注目を集める男がいた。

『僕の育った世界の技術がこの世界でどう花開くのか、僕は見たいんです。僕の世界ともちがう、この技術がもたらす新たな世界を、皆で一緒に冒険したい、そんな気持ちです』

シフェニュは、あのポスターと全く同じ自信に満ちた笑顔で語る。

ウチの社員で、異世界人。彼は科学者であり、この世界よりはるかに進んだ科学技術の知識を持っている。この装置もあのロボットも、彼の技術の産物だ。

彼のおかげで『ザ・ワールド・イズ・マイン』はこの三年で何倍にも成長したけど、彼の価値はそれだけに留まらない。国内外の政府や企業といくつもパイプを持ち、政界進出のビジョンも公言している。人類に革新をもたらす存在として、その注目度は私の比ではなかった。

この世界より先の技術を武器に、この世界をリードしていこうとする異世界人。

そんな彼をあからさまに敵視する人間、技術をありがたがっても危険視する人間はきっと多いにちがいない。

そして私も、シフェニュが嫌いだった。

「全くどうかしてるよ」

あの会場には、シフェニュを嫌う人間がもう一人いた。目の前の男、スバルの父・マキヤマソウイチだ。

イベント後の会場、満足げな様子で帰っていく他の参加者たちを苦々しげに見回して言う。

「自分や身内が飛ばされる可能性をリアルに考えちゃいない。じゃなきゃ呑気に拍手してられるわけがないんだ」

「否定はしないわ」

こうして純然たる嫌悪の視線を浴びていると、彼がいい大人ぶっていた頃を思い出す。

今や、私たちへのヘイトを煽るためだけの作品を発表し続ける男。

はっきり言えば、もう彼の映画に力は薄いだろうと思う。彼は昔スバルに語ったらしい。どれだけネイティブが異世界人に同情的になろうと、対等な自由を与えるという、自分たちにとって危険な一線は超えないだろうと。

今や一線を超えてなお支持する側に回るネイティブが増えている。彼の言うところの呑気さは少なからずあるだろうけど、その呑気さは少数の被害者への同情だけで揺り戻せないほど強固になってしまっている。

それでも、この人は私達への攻撃をやめないだろう。

彼を落ちぶれたと見なす人間も多い。だけど、昔とはうってかわってギラついた表情に、父親にこういった熱がずっとあったら、スバルは最初から父を支持していたかも知れない、なんて思わされた。

今の彼は、世界を変えようとしているのだ。

「君らの仲間だって病気が治れば敵に回るし、異世界人だって同郷でも何でもない。結束が続くわけがない」

そんなことはわかっている。この短い期間で何人もがそうなった。クァンにサヤビト、シゾヒチ。

「かもね、でも、だからって」

胸に手を当てる。強がりを大いに含んでいると自覚しながら、私は宣言した。

「私は生き方を変えないわ。自分のために生きる。観客や、たとえ仲間が一人もいなくなろうと。

人生は、自分のための物語だから」

スバルが教えてくれたことだ。自分自身を第一に生きなければ、どんなに成功しようと、愛されようと、世界を救おうと、それはきっと空っぽなのだ。

私の言葉に、マキヤマはますます苦み走った表情になって言う。

「君は許せるのか？　あの――」

「それでこそ有沢ニヒサだ」

拍手の音がその場に響いた。

シフェニュがこちらへと闊歩する。マキヤマが大きく舌打ちをした。

彼は足を止め、ステージ上と同じ笑顔を、気品に満ちた仕草でマキヤマに向けた。

「僕も生き方を変える気はありません。そして、お越しいただき光栄です、マキヤマ監督。いかがでしたか？　新しい映画の世界は」

マキヤマがここにいるのはシフェニュが招待したからだという。敵対者の筆頭であるこの男を何故招いたのか。

「あなたが撮った映画を、あの技術で体感させてみたいと思いませんか？　僕らと一緒に映画を作りましょう」

答えは、勧誘のため。

「かつてあなたが描いていた世界を愛せない人々だって、僕の技術は大いに救う可能性を秘めている。あなたの映画でそのことを伝えられるはずだ。誰もが愛せる世界がもうすぐやってくるんだと。

スバルだってそれを望んでいる。僕らは一緒にやっていけます」

きっと挑発や裏の意図なんか何一つなく、シフェニュは不愉快極まる表情のマキヤマに、すっと手を差し出した。

「ふざけるなっ!!」

マキヤマが手を払う。

その時だった。

「死ねやっ!! 侵略者がっ!!」

唐突な、全てを引き裂くような叫びだった。

マスクに帽子を被った男が、ギラリと光るサバイバルナイフを、まっすぐこちらへ向けて構えている。

走り出す。何の迷いもなく、男はこちらへ突っ込んできた。

その切っ先はシフェニュに向いていて、私たちも、恐らくシフェニュも不意を突かれていて、だけどその刃が届くことはなかった。

「……っ、ス……」

マキヤマソウイチが、シフェニュを庇った。

男とシフェニュの間に割って入り、その胸に刃が突き立てられる。

泡立った血を吐きながら、マキヤマはゆっくりと倒れる。

その様子をシフェニュは、スバルの顔をした男は心底残念そうに見ていた。

・・・

「惜しかったよ、本当に」

シフェニュはそう呟いた。喪服姿で会社に現れた彼は、マキヤマソウイチの葬儀に参列した帰りだという。

犯人の男――マキヤマの支持者だったらしい――は逮捕され、マキヤマは病院に運ばれたけど、助からなかった。

彼の葬儀には業界関係者が数多く参列し、斎場外には支持者が何百人も詰めかける。「異世界人に死を」なんてプラカードも掲げられていた。

そんな場所に現れたシフェニュは白い目で見られるにとどまらず、罵声を浴びせられ、胸ぐらを摑まれて殴られそうになった。シフェニュは喪服に仕込んでいたスタンガンで相手を気絶させ、何食わぬ顔で焼香を済ませ、マキヤマの父親に謝罪したのだという。

マキヤマの死は自分に責任がある、と。

「僕が刺されることはなかったし、もう刺されたくらいじゃ死なない体だと周知しておくべきだった。そうすれば彼が無駄死にすることもなかったろうに。惜しい人を亡くした」

きっと本気で言っているのだろう、そう思える口調だった。柄にもなく少しだけ、彼を悼む気持ちになりながら私は尋ねた。

「惜しいっていうのは屈服させる相手が減ったから？」

「僕の世界で幸せになるべき人が減ったからさ」

「私もあの人も、あなたのおかげで幸せになるようなことは絶対にないわ」

「それは……僕がスバルの体だから？」

スバルが異世界病を発症したのは映画を撮っている最中のことだった。

アテナと撮っていた映画のアイディアを膨らませ、変案を重ねて脚本が完成した。きっと傑作になる。私もスバルもそう思える映画だった。

その映画の序盤、私の演じる主人公が異世界病を発症し異世界へと飛ばされる――そんな場面で、監督であるスバルがそうなったのだ。

何という皮肉だろう。

それで代わりに現れたのがこの男・シフェニュだ。

シフェニュはスバルの肉体に宿っただけじゃない、スバルの体で存分に好き勝手し始めた。まさに私がアテナの体でしてきたように。

それから三年。彼は近い将来本格的に権力の階段を登り始めることだろう。知識を小出しにすることで自分の価値を高め、自分に従わざるを得ない状況に、自分が撒く進歩という餌で人類を餌付けしようとしているのだろう。

彼は、この世界を理想郷に変えたいのだという。科学の力で破滅に至った前の世界をやり直す、優しい支配者になるつもりだという。

私なんか及びもつかない世界への影響力を持ちながら、しかし彼は私を欲しがっている。大衆に一番わかりやすいのは、やはり楽しいこと、面白いことなんだ。新世界の素晴らしさを最も魅力的に広める物語に、私という役者が必要だと。

「どうしたら、僕の物語に参加してくれるんだい、ニヒサ」

「あなたの描く物語が、スバルのより魅力的だなんて絶対にない」

自分が優位だと信じて疑わず、自分の価値観に染まるのが誰にとってもベストだと、世界が自分の意のままになると思っている男。傲慢と自覚しない傲慢さ。スバルとは真逆だ。

だというのに、スバルの体にナノマシンを移植し遺伝子レベルで手を加えていながら、顔だけはそのまま残している。気に入ったからと。

きっと昔のスバルが私に向けていただろう感情を、私もシフェニュに向けている。

この男はマキヤマやネイティブだけじゃない、私にとっても侵略者だった。

侵略者は、スバルから奪った顔で囁く。

「スバルは戻らないよ。異世界病のメカニズムもいずれ解明する。制御する。肉体に拘束されずに多元世界を自由に行き来する技術を手に入れるんだ」

もちろん、スバルは置き去りで。

そんな最悪の未来を、この男はたしかに実現するだろうという確信めいた予感がある。

今朝見たのは、まさにこの男の言う通り、彼のための女優になる夢。

鮮やかに浮かぶ悪夢を跳ね除けて、私は言う。

「盗まれないように、せいぜい注意することね」

この男から技術と知識だけを搾取して異世界へ放逐し、スバルを取り戻す。この男から奪った技術で、あらゆる世界へロケに出かけて、スバルに私を撮ってもらう。あらゆる世界でスバルの映画を上映する。私はそう誓いを立てている。

私とスバルが選んだのは、平和でも優しくもない、戦いの道だ。自分の道を誰かが塞ぐなら対決する道だ。

だから私は、シフェニュと対決しなくてはならない。この男の行いも思想も、私の道を脅かすから。

だけどその一方で、私とシフェニュはあるスタンスが共通している。私とスバルの行き着いたこの世界の愛し方を、シフェニュも実践している。

だから私は、この男を嫌う一方、時折魅力的にも思えてしまう。

彼は世界を愛する者の眼差しで言う。

「盗む気なんていずれなくなるさ。全てを、あなたの心を手に入れる。ここは僕のための世界だ」

「いいえ。私のための世界よ」

この作品は書き下ろしです。

〈著者紹介〉

ヰ坂 暁（いさか・あきら）

2017年、第2回ジャンプホラー小説大賞にて『舌の上の君』が編集長特別賞を受賞、同書でデビュー。人肉食を扱った同書をはじめ、生死などタブーを真正面に見つめながら物語として昇華させる手腕に定評があり、ネクストブレイク必至の鬼才。近著は『僕は天国に行けない』（講談社タイガ）。

世界《せかい》の愛《あい》し方《かた》を教《おし》えて

2022年7月15日　第1刷発行　定価はカバーに表示してあります

著者…………………………ヰ坂《いさか》 暁《あきら》

発行者………………………鈴木章一

発行所………………………株式会社 講談社

〒112-8001 東京都文京区音羽2-12-21

編集03-5395-3510

販売03-5395-5817

業務03-5395-3615

KODANSHA

本文データ制作…………講談社デジタル製作

印刷…………………………株式会社ＫＰＳプロダクツ

製本…………………………株式会社国宝社

カバー印刷…………………株式会社新藤慶昌堂

装丁フォーマット………ムシカゴグラフィクス

本文フォーマット………next door design

ISBN978-4-06-528619-7　N.D.C.913　254p　15㎝